Beautiful Chinese

美丽中文

《读者》签约作家美文系列

安宁、包利民 等著

住在母亲的掌心

至爱亲情卷

天津出版传媒集团
天津教育出版社
TIANJIN EDUCATION PRESS

图书在版编目（CIP）数据

住在母亲的掌心：至爱亲情卷 / 安宁等著.
—天津：天津教育出版社，2013.12
（美丽中文：《读者》签约作家美文系列）
ISBN 978-7-5309-7487-2

Ⅰ.①住…　Ⅱ.①安…　Ⅲ.①散文集—中国—当代
Ⅳ.①I267

中国版本图书馆CIP数据核字（2013）第296385号

住在母亲的掌心

出 版 人	胡振泰
作　　者	安宁、包利民等
选题策划	杜　平
责任编辑	田　昕
装帧设计	张丽丽
出版发行	天津出版传媒集团 天津教育出版社 天津市和平区西康路35号　邮政编码　300051 http://www.tjeph.com.cn
经　　销	新华书店
印　　刷	唐山天意印刷有限责任公司
版　　次	2014年1月第1版
印　　次	2014年1月第1次印刷
规　　格	32开（880毫米×1230毫米）
字　　数	135千字
插　　页	2
印　　张	7
定　　价	21.00元

目　录

安　宁

包利民

崔修建

安宁

本名王苹，巨蟹座女子，80后人气作家，《读者》等多家期刊签约作家。生于泰山，读于北京，居于青城。外语学士，文学硕士，电影学博士。曾任中学外语老师、出版社编辑，现为内蒙古大学艺术学院影视戏剧系副教授。文风犹如个性，兼具柔软温情与犀利幽默。已出版长篇小说与作品集二十一部。代表作品：《蓝颜，红颜》《试婚》《聊斋五十狐》《呼伦贝尔草原的夏天》《笑浮生》。曾获2009年度冰心儿童图书奖、2009年度北京市政府优秀青年原创作品奖等多种奖项。

双程爱

她是单位里的单身妈妈，离婚后独自一人带着孩子，来到这个陌生的城市工作。起初她没有房子，也租不起，只能借助姐姐的关系，与六岁的儿子一起住在附近一所大学的女生宿舍里。怕儿子夜里睡得不适，她买了一个简易的垫子，自己打了地铺，守候在儿子床边。才很小的一个孩子，就有了羞耻心，每次出入女生宿舍楼的门口，总是低头快步地走；夜晚起来去女生洗手间，也要将她摇醒，让她去看一下里面是否有人；而且还知道讨好同宿舍的女孩子，懂得叫她们姐姐比叫阿姨会让人家开心。有时她看到儿子毕恭毕敬地站在一旁，乖巧地喊姐姐好，她的心里会突然很疼，好像那一声是根尖锐的针，扎在她的心里，并瞬间见了鲜红的血。

她的薪水不多，等到后来租了房子，再除去日常的开销，便所剩无几。所以常常想给儿子买一件礼物，都要为难。一次他们在商场里，一个小孩子朝爸爸嚷叫着要一艘电动飞船，那男人立刻二话没说，拿了两个不同款式的飞船便去了收银台。那时她的儿子也正站在旁边，兴奋地抱着其中的一艘，试着在地上发动飞船。尽管儿子并没有让她也掏钱给自己买一艘，但她还是感觉到他在经过那对父子旁边时，眼睛里瞬间燃起的渴盼和羡慕。她犹豫了片刻，想要转身回去将那个玩具买给他，可是儿子却突然摇摇她的手，冲她撒娇，说："妈妈，我饿了，我想吃家门口的豆沙包，你买给我好不好？"她的鼻子一酸，眼泪差一点落下来，但还是克制住，蹲下身去，紧紧地抱一抱他，说："傻孩子，当然好。"

半年后儿子读一年级，她有一天下班回来，看见他正蹲在洗水池旁，费力地洗着自己的衣服，小小的人儿，还够不着水泥砌的池子，所以袖子已经湿了大半，身上溅满了洗衣粉的泡沫，鼻翼上还渗出了细密的汗珠。听见她的脚步声，儿子回头冲她咧嘴一笑，说："妈妈，今天我们老师布置的作业，让回家帮妈妈做家务，我自己洗衣服，算不算数呢？"她摸摸他瘦弱的额头，说："肯定算数呀，如果我是老师，会给宝贝打一百分呢。"

第二天她去上班，有同事出国游玩回来，将日本的青豆分发给大家一人一袋，别人拿到后立刻拆开来，津津有味地品尝起来。她也刚要打开，突然想起了儿子，便一脸喜悦地收了起来，并毫不避讳外人的注视，说："回家带给我儿子吃，他肯定会高兴得跳起来，他最爱吃这些小零食了。"有人背着她小声嘀咕，说："瞧，单身女人过得可真是心酸，一袋青豆都舍不得自己尝一个，而且穷得连点自尊也没了，这样的话怎么好意思当众说出来？"有好心人悄悄地暗示她，说："尽管知道你爱孩子，可是以后还是最好说话做事内敛一些，别给人留下话柄，也别让人家看了笑话。"她愣了一下，随即笑了，说："可是我对这样的嘲笑，没有丝毫的感觉，那一刻我只是想着我的儿子，就像他那么小小的人儿，为了一个住宿的床位，可以在人前一次次给足我面子一样。"

她知道其实这样的话，也没有必要解释，因为爱从来都是买双程票的，当它们从她的体内，流向孩子的时候，返程回来，携带的只会是更多的爱的蜜甜。

母亲的怯懦

读中学时，有一年我成绩进步很快，学校里开期末表彰大会，我被作为学生代表选去演讲。为了能够给与会的家长们一点启发，老师特意找到我，说：“能否让你的父亲或者母亲上台讲几句话，跟别的学生父母分享一下家教经验？”

父亲那时在外地工作，无法回来，只好讲给母亲听，让她代替父亲去台上说上两句。母亲听了即刻惶恐，将头摇得像拨浪鼓，犹如年少怕羞的我，一个劲地说：“那怎么可以呢？那怎么行呢？我一个家庭主妇，一点文化都没有，在你们老师们面前卖弄，那像什么样子呢！”我开玩笑，说：“你平时跟人砍价嘴巴多厉害呀，一条街上卖菜的都怕你这张嘴，宁肯自已吃点亏，也不想跟你吵架，所以不过是上台说几句育女经验，有什么好难的？”

但不管我怎样劝说，甚至动用了父亲的威严，母亲依然很坚决地不同意上台讲话，而且，怕会发生意外情况，她直接连家长会也不参加，并像个赖学的孩子一样，让我帮她请假，说她有病在家，实在下不了床。

到了那天，她果然早早地就躲到了邻居家去，假装给人家帮忙做活，我经过邻家院子，看见她正与邻居阿姨谈得热火朝天，怎么也想象不出，这样健谈的她，也会心内生有惧怕。她恰好抬头看见了我，竟像是怕被老师叫起来回答问题的学生一样，迅速地低下头去，装作没有与我对视。但等到我上台发言的时候，还是下意识地扫了一眼观众席，并没有发现母亲的身影，失落之中开始演讲，是快要结束的时候，我突然在窗外看见母亲的身影一闪而过，犹如一个在教室外怯生生偷听的小孩儿，怕老师发现了，所以赶在上课结束之前，急急地沿墙根溜走。

几年后我大学毕业，在事业上有了一点小小的成绩，回到县城，昔日一个一直对我十分关爱的老师，在聚会完后，送我回来的路上，突然就说要看望一下我的父母，告诉他们有我这样一个优秀的女儿，是此生最大的骄傲。可惜走到家门口，才发现父母都在外面，为了一户人家堵塞的管道而忙碌着。我打电话给父亲，父亲说："那让你母亲回去见见你的老师吧，刚刚开工的活儿，我实在走不开呢。"挂断电话之前，我听见母亲在那边与父亲有几句争执，似乎是想让父亲回来，但怕老师误会，我还是没有劝说母亲，而是告诉老师说，我妈很快就会骑车来的，所以还麻烦老师耐心等上片刻。

可是这一等，便是半个小时，明明父亲在电话里说十分钟就会到的，我却张望了许多次，也不见母亲的身影。我不停地找理由安慰老师，说母亲骑车太慢，所以在车流不息的县城里，她总是一遇到汽车，便慌慌地提前很远就将自行车停下，别人十分钟走完的路，她则要花费半个小时。

在又等了十几分钟之后，我的老师终于礼貌地起身告辞，我在歉疚的挽留中，几乎有些气恼母亲，甚至想要打电话对她发火。老师刚刚离开，父亲就骑车飞快地赶了来。我诧异，问怎么不见母亲，父亲便无奈地笑笑，说："没见过你母亲这样胆小过，明明已经到了家门口，却不敢来见你的老师，又对我撒谎说忘了带钥匙，返身回去了，其实钥匙一直就在她的衣兜里。”

我听了突然地有些心疼，为老到一大把年纪了，竟然还心生胆怯的母亲。我知道这一次她是怕自己满身泥浆的衣服，会招来我的老师的同情；怕自己这样愚钝的主妇，与我的一身学识的老师面对面坐着的时候，会完全找不到话说；怕自己的粗鲁，会让老师看轻了她，连同自己优秀的女儿。

这时的母亲，早已经过了知天命的年龄，可是，她却与许多年前的那个女子一样，对于我的老师及其比她高一个层次的人，心生敬畏和胆怯，并因此，卑微到犹如一株角落里的小草，将发黄的茎叶，羞涩地隐藏起来，不让任何人窥去她心内的不安与怯懦。

校服里的父辈

在一个小花园里，碰到一位散步的老人。他的脸上，没有过多的悲喜，表情有些忧伤，经过那些穿着时尚的人，总会略带着艳羡，悄无声息地看上一眼。他的肌肤，因为长年的劳作，已经锈迹斑斑，犹如枯朽的树皮。而裹在瘦弱骨架上的那身独特的衣服，则将他与这个城市的格格不入，衬托得愈发鲜明。

那是一身中学生的校服。我从侧面，可以看见胸前写有“育才中学”几个小字。这显然是他读中学的孙子丢弃不穿的校服，他一生简朴惯了，看不得浪费，絮叨几句，便自己拾起来穿上了身。或许家人会觉得不妥，说他几句，他却置若罔闻，似乎这一身校服，比儿子买的名牌西装，更让他觉得舒适。

校服原来的主人，当是一个热爱漫画的小男生，因为背后的空白处，画着一对牵手的小人儿，亲密无间地依偎在一起，旁边飞出一行可爱的彩字：我要永远陪你在一起。想来老人的小孙子，一定是心里喜欢上了某个女孩，而且异常大胆地在校服上表露出来。而老人定是看不懂这些的，校服在他这里，只是一件可以避寒的衣服，而且，是一件不应该被弃置一旁浪费掉的华衣美服。

想起自己年少的时候，最讨厌阔大难看的校服，没有别的学生的勇气，在校服上绘制自己喜欢的图案，或者写下信仰的格言，可以让校服变得另类一些；亦没有勇气，给父母要额外的钱，买喜欢的棉裙；所以只好每日委屈地穿着它，如一只被排挤走失的野猫一样，卑微地走来走去。

所以中学毕业的时候，几乎是蜕皮一样地，迫不及待地从校服里逃出来，且再也不去动它。而母亲却是从此，眷恋上了我的蓝白相间的校服。她穿着它下地劳作，外出买菜，在路上为一些琐事跟人争吵，或者因为疲惫，在田间地头睡了过去。有时候弟弟会笑话她，说她是我的校友，而且，远比我对学校忠贞和热爱，可以将校服穿上几年而不厌倦。母亲总是笑笑，说：多好的衣服，结实，耐脏，穿起来从不会心疼，野生的一样，不娇贵。

可是我却因此有过自卑。记得是在路上，与自己的老师相遇。我很迅速地用老师的视线将母亲上下审视打量了一番，而后脸腾地红了。我第一次发现穿着校服的母亲，在路人的眼里，犹如一个傻笨的学生，而且，带着一股子乡野气。之前，校服在她的身上，不过是一件勉强算得上得体的衣服，但在那一刻，我却窥见了校服的滑稽与尴尬。

我相信老师一定是看出了我的难堪，所以不过是简单寒暄了几句，便告辞走开。而母亲，却不知趣地追赶上来，絮叨着说：“你们老师是不是不喜欢我呢，还是觉得我身上有汗臭味，怎么没说几句就走了呢？”我飞快地在前面走着，不理会母亲，并将她落下很远。那种混合了卑微、羞耻和疼痛的少女的心思，到如今，依然清晰地在心里记着。

后来我走出了小城，并凭借着不息的努力，可以挣钱给自己和家人买到名牌的衣服，可是始终未曾停止过劳作的母亲，却将我给她买的衣服，锁进箱子，继续穿着校服，在小城嘈杂喧嚣的街道上，走来走去。只是，这一次的校服，是被刚刚读了大学的弟弟遗弃在家的。

在我所居住的繁华的都市里，我常常会瞥见那些穿校服的成年人。他们拉着堆满水果的板车，骑着装满了货物的三轮，或者站在十字路口的大风中叫卖，再或夜色下为你端上一碗热气腾腾的馄饨。那些被他们的孩子扔掉的校服，裹着他们的身体，犹如秋天里裹着金黄外皮的玉米。

我知道这个城市里，有很多像我一样的孩子，在明亮的高楼里行走。我也知道，当我们的翅膀，掠过高高的枝头，却不会忘记，将视线温柔又疼痛地，抚过那大地上，穿着被我们遗弃的校服，低头行走的父辈。

镜头是我注视你的眼睛

他一直与父亲没有多少的交流，他们彼此都是沉默寡言的人，他一路读书顺畅，几乎没有用父亲费过多少的气力。事实上，即便是他有了问题，也不会去找父亲，更多的，他选择自己独自承受。他一直以为，父亲对他，像对家中某件可有可无的摆设，记不记得，都在其次，更不必说，去上心呵护。

所以他一路读书，选择的，几乎都是离家很远的学校。大学是在北方，硕士是在更遥不可及的英国。回国后因为热爱摄影，选择了做自由摄影师。南来北往，在父亲身边停留的时间，从没有超过两天。而电话，每次打回去，即便那端接起的是父亲，即便他的确有事需要找父亲商量，他也会习惯性地，说：让我妈来接电话。隔着千万里，看不到父亲的面容，但他还是不知道如何面对这个沉默寡言的男人。他们彼此，是那么的陌生，陌生到连视线，都是碰触到一起，即刻跳开去，而像别的父子那样，做促膝的交流，更不会有。

那一年他争取到为一家电视台，拍一个纪录片的机会。但因为没有找到合适的摄影师，他只好自己拿起摄像机。而片中千里迢迢给村民去送照片的人，他挑来选去，最后觉得，让自己的父亲来做，是最契合电影的精髓的。纪录片讲述的，是一个摄影记者，偶尔去云南一个苗族居住的山村里采访，顺便为那里的每一户人家，都拍了照片，走时他承诺会将这些照片，洗出后送给他们；但因为此后不安定的生活，他几次都将这件事放下。几年后，他终于忍不住内心的折磨，遂决定让自己的父亲，去送这些照片。照片上的孩子，都已长大，照片上的老人，有些已经去世，许多的东西，都已经改变，但那片土地上的人们，内心的纯净，却依然如故。

他打电话给母亲，让她转告父亲，自己的这个决定。母亲在电话那头，听完竟是笑了。他诧异，以为母亲是在质疑他拍电影的能力。停了片刻，母亲才开口问道：你要拍你爸，可是，你了解他吗？这个问题，让他想了许久，但始终都找不到合适的答案。就在他打算再找一个人来做剧中的父亲时，母亲却发短信给他，说，你爸同意了，后天他就开车与你同行，去拍这部电影。

父亲的决定一下，犹豫的，倒反而成了他。他终于明白母亲问那个问题的原因，他们彼此，一年里都不会超过一百句的交流，而拍这部纪录片，需要花费一个月的时间，这么漫长的相处，他们如何祛除昔日的隔阂，这个问题，似乎是比电影的拍摄，更为重要的。

果然与父亲开车前往那个山村的路途中，当他用摄影机对准父亲的时候，躲在镜头后面的眼睛，竟是有些微的慌乱，似乎，这样近距离的关注，是不该发生在他与父亲之间的。父亲安心地开着车，并不去看他的镜头。一路上，他拍到的，都是父亲的后背，还好，这与剧情的要求，基本吻合。父亲几乎是一个很好的群众演员，事实上，父亲是将这部纪录片，作为完成送照片的一个承诺去做的。他在镜头里，几乎看不到父亲表演的痕迹，这个他所陌生的五十多岁的男人，为了自己儿子几年前拍下的这些照片，翻越一个个陡峭的山坡，一户户地找照片上那些依然健在的村民，告诉他们，这是自己儿子拍下的照片，他曾经答应过他们，来送照片，现在，这个承诺，终于可以由自己代为实现。

他的镜头，为了电影，大部分都给予了那片土地上的人们，他忠实又热诚地，记录着这里的变化，记录着其上的生命，吃草的牛，奔跑的狗，弹钢琴的老人，丧礼上相聚的村民，教堂里虔诚听歌的女人，不知疲倦的孩子。所有这一切，因为时间，而在他的镜头里，带上了一抹温情。他知道自己依然眷恋着这片土地，而帮助自己送照片的父亲，不过是这部片子里，一双伸出去的手，一个在画面角落里的背影，一个和自己一样，旁观的路人。

为了忠实于客观的记录，他不想给父亲一个正视的镜头，因为如此，会让纪录片带上主观的色彩。父亲也一直配合得挺好，并不去理会他的拍摄，而是照他的指导，走在摄影机的边缘，将大块的空间，让给了这里的村民。但却有一次，当他将镜头从一个抱着一条小狗亲密私语的孩子身上，移回旁边观看的父亲时，父亲突然将自己的视线拉回，对着镜头，那么深情地凝望着，似乎，他所有的爱，都藏在镜头里。父亲的凝望，持续了很久，直到他躲在后面的眼睛，终于无法忍受这样的对视，主动地，将镜头移往别处。

是他做电影最后剪辑的时候，他才发现，这是父亲唯一正视摄影机的镜头。他几次想要将这个镜头，剪掉，但终于还是忍住了。电影的放映会上，果然有很多的观众，对这个镜头提出苛刻的指责。他们说，父亲这个深沉的注视，是溢出了电影之外的，导演不仅没有毫不留情地将此剪掉，反而将此作为最关键的结尾，不知究竟是出于什么目的。

主持人让他给予观众一个合理的解释，而他，看着屏幕上父亲凝视前方的那个定格镜头，许久，才说：我是到最后，才知道，这部电影，是父亲给予我的一份礼物，而我，又有什么理由，不将他投射给我的这唯一的注视，长久地保留在影像的记忆之中？

电影在前，爱在后，他是躲在镜头的背后，才看清了父亲深沉无边的爱。他们彼此，无法像那个孩子与小狗一样，亲密地依偎，爱抚，用只有彼此才懂得的语言，畅通无阻地交流，但那份隐藏了许多年的爱，还是穿越了镜头，悄无声息地，绽放在他的面前。

恐慌是为陪你不孤单

父亲年龄大了，并不像一些看开人生的男人，懂得适时地放手，不再过多地操心儿女的事，他反而变得愈发地恐慌，每次看到电视上报道的天灾人祸，便脸色黯然，一个人在吵嚷的广告里，陷在沙发里坐到天色暗了，才想起要去吃饭。

我以为他是担心人生无常，自己或许哪一天也会这样猝然离开尘世，甚至连一杯刚刚泡好的新茶都没有品完。所以便隔段时日电话里劝他，说人总是都会离去，所以既然在世一天，便快乐地活着，像街头巷尾那些提了鸟笼或者打几把牌的老人一样，乐得逍遥。况且，还能有母亲陪着，已是一种福气，何必再像年轻时那样，奔波劳碌，不得享受二人世界。

父亲却总是叹气，不回答我的疑问，也不在我的劝说里说一声好。似乎不过是明天，他便会离开这个世界，而此刻，他只是想要一个人待着，静享这片刻的安静。

后来有一天，我翻找一本旧书，无意中翻出一张纸来。上面密密麻麻地，竟是写满了父亲在某天假若突然离去后对于家中财产的处置。我觉得有些好笑，对于父亲的杞人忧天。他不过是个才过花甲的男人，身体康健，头发尚黑，耳聪目明，没有丝毫会患病的征兆。

我拿了这份遗书去见父亲，说他完全没有必要如此惊慌，我有一份工作，不必为生计发愁，即便是高中毕业没有考上大学的小弟，也终会学到一份谋生的技能，并过好自己素朴的人生。父亲却是拿过遗书来，细细看了许久。看完后他并没有听从我的建议，将纸撕掉，而是一本正经地向我讲解其中的事项。他说万一哪一天他走了，这栋房子就留给小弟，剩下的银行账户里的存款，留给我，尽管我比小弟的境况好得多，根本不需要他的任何钱，可他还是坚持要留一半财产给我，不能让这个小子好吃懒做，不思进取。他还给母亲买了一份保险，又将自己平日攒下的私房钱也给母亲，这样她可以自己请个保姆，而不是拖累孩子，并让我们生出诸多烦恼。

我在父亲毫无半点玩笑的认真里，突然想起自己有一天做噩梦醒来，也曾经有过这样的恐慌，想着如果自己哪一天出了车祸，或者染上重病，自己那点不多的财产，应该如何分配，才会让我所爱的人，在没有我的生活里，能少一点忧伤与苦痛。我甚至还起身写了一张纸条，将所有“遗产”拉出清单，而后将它们归类。我记得我把存折上的密码全部写了下来，告诉所爱的辰，如果我出了意外，一定要将这些钱取出，交给我的父母。除了一些家具，我没有给辰留下任何看似“值钱”的东西，我告诉辰，如果我在离开后，还能让他鼓足勇气，继续寻找一份新的爱情，就足够了。我也记得辰当时笑着将纸条撕掉，说，他还要和我天长地久，这些纯属多余。可是我心内对于死亡的恐惧，还是没有消散。

后来的某一天，我在市法院的门口，遇到帮表弟找律师的一个同学。她的舅舅新近突发疾病去世，留下一笔财产，需要分割。舅舅的几个儿子，大都生活平淡无奇，所以争起财产来，费尽心机，协商不定，只好找律师来分。但是同学最年长的表姐，却是躲开了这场纷争，独自一个人为父亲去找这个城市最好的墓地，并对所花费的时间与金钱，毫无怨言。而据同学所说，舅舅在生前最疼爱的就是这个女儿，也曾几次立下遗嘱，要留最丰厚的那份财产给他的女儿，但都被女儿给撕掉了。

同学之所以很积极地帮忙寻找律师，主要是不想让那几个贪心的表哥表弟把财产全都分了去，给生活同样困难的表姐不留丝毫。但是表姐却对此毫无反应，并将这场兄妹之间的相争，看作一个小孩子的笑话不去理睬。同学不解，问表姐为何不去争取自己的权利，如果当初舅舅立下的遗嘱能够保存，怕是她会得到一笔不错的遗产，且就此改善自己的生活。

表姐淡然回她，可是父亲已经留下了一大笔遗产给我，那就是此后不管遇到怎样的困难，他都会在心里为我打气，为我疏导，并陪我度过许多的艰难；生前他所立下的种种遗嘱，并不是真的为了给我们多少的财产，而全是因为要让他的这份爱，能够在离开后，继续支撑我们走下去……

原来亲人之间的所有恐慌，也是缘于爱，缘于让一份爱，如何在离去的时候，依然可以长久地存在下来，陪尚且生在这尘世的人，走过孤单的时光。

那个掉光了牙齿的老头

从你开始长牙的那一天，他几乎天天注视着你嘴里的变化，看你咬着妈妈的奶头，吮吸自己的手指，还总是在手边可以触及的玩具上留下浅浅的印痕。他喜滋滋地注视着你牙齿的新鲜萌动，又抱着你自言自语地轻声吟唱，小乖乖，快快长，长大跟我去航海。

他抱你的时候，脚步总是很轻，拍打总是很柔，你的妈妈还会微微地嫉妒，说，没有见过这么粗鲁的他，曾经对谁如此温柔过。那时的你，会拿手好奇地去抓他的下巴，那里总是有让你发痒的硬硬的胡楂儿，你看他轻俯下来，装作要扎你小脸的样子，总会咯咯地笑，笑到他的脸上，满是幸福的柔光。

你开始学习走路的时候，他买了最好的学步机给你，又半弓着腰，引领你一步一步向前迈步。你总是走得不亦乐乎，一圈下来，你嚷嚷着还要走，他却捶捶累酸了的腰，笑骂你一句，兔崽子，等你能跑了，你老爸怕是想追都追不上你了。你听不懂他的话，只兴奋地指着前面一株漂亮的花朵，示意他带你去采。

你终于可以自如地走路跑跳，你满大街疯跑着追赶一只蜻蜓，他则满大街追赶着你。你跟小伙伴玩得大汗淋漓，听见他喊你回家吃饭，你躲到一堵墙后面，又示意小伙伴帮你撒谎，说不曾看到过你。你拿他给你造的弹弓，打碎了隔壁家的玻璃，他拿一块新的玻璃去给人家赔礼道歉，你则嘻嘻笑着从他兜里偷几个钢镚儿去买雪糕。你跟人打架，捂着被砸破的脑袋嗷嗷哭叫着回家，他一边心疼地给你包扎，一边骂你，臭小子，下次再惹了事，别想进这个家门！你知道他说的都是假话，所以也便一次次在外惹是生非，而后由他处理“善后事宜”。

你还经常地生病，一次次地让他在半夜里骑车载你去医院，你在昏暗的医院走廊里，坐在连椅上，看他奔来跑去地给你拿药，他的脊背温暖而且结实，已经读小学的你，还可以借生病的理由，趴在他的后背上，让他背你上楼。你还傻乎乎地问他，你会不会死，他便笑你，说，老子还没死呢，你急什么？说完了便扭扭你的耳朵，你哎哟哎哟地叫着，一抬头，看见他正慈爱地注视着你。

后来有一天，你们沉默寡言地面对面坐着吃一顿平常的午饭，他突然走到镜子旁，左照右照，又将两根手指伸到口中去，蹙眉拨弄一会儿，终于还是微微叹口气，重新坐回到餐桌旁。你根本没有注意到他吃饭的时候，咀嚼动作渐至缓慢。他还抱怨你的母亲，说菜怎么越炒越生，让人连咬都咬不动了。那时你的牙齿，正有力地嚼着一块只有七成熟的牛排，而视线，则目不转睛地盯着最新的一场足球比赛，你甚至都没有听到他究竟在絮叨什么。

事实上，你们之间很少再有交流。你不常在家吃饭，你记得最新爱上的女孩儿喜欢吃油焖大虾，爱穿艾格的粉色小衫，钟情梁家辉所演的电影；但当你的母亲偶尔让你给他买一些东西时，你总是理直气壮地说，谁知道他喜欢什么呢，不中他的心意，生了气抱怨我，还不如不买。

他过生日那天，你被母亲提醒着，好歹提了两瓶好酒回家。他见了眯眼笑得合不拢嘴。你恰好站在门口，回头看他，突然发觉他的嘴巴里有东西在闪闪发亮。你这才发觉，他不知何时竟是镶了三颗金牙。你没有问他在哪儿换的牙齿，却是背着他偷笑着对母亲说，他干吗镶金牙呢，真是俗气，看上去像个没文化的暴发户。

你的儿子开始会走路了，四处调皮地乱跑，他闲着没事，便过来帮你们看孩子。你总是看到你的儿子在院子里飞跑，从来都不会喊累，他却坐在椅子上，让这个小屁孩儿跑慢点，否则小心跌倒了将牙齿磕掉。你让儿子听爷爷的话，儿子却说，不听不听，是爷爷走不动了，才不让我乱跑！说完了儿子又一转眼珠，嘻嘻笑着对你说，爸爸，你把那个我用过的学步车给爷爷用吧，他走得快了，就能陪我一起出去跑了。他听了哈哈大笑，你却瞥他一眼，看见他双腿上，曲张的静脉，像一条条骇人的水蛭，不动声色地吮吸着他最后的汁液。

某天他坐了轮椅，在医院的走廊里微微闭眼晒着太阳，你拿着一沓子化验单，去找医生。经过他的时候，看见几个小孩子正将石子偷偷放到他脱下来的鞋子里，你气恼地追赶着那几个小孩儿，他们却笑着满医院跑，一边跑一边还唱着童谣：老头儿老头儿玩火球儿，烫了屁股抹香油儿；老太老太玩火铁，烫了屁股抹香菜。周围的人皆跟着大笑，你看见他也咧嘴在阳光里笑了。然后你便听见其中一个小孩儿尖声叫道：嘿，看那个糟老头，牙齿全掉光了！

你看见他下意识地去捂住自己的嘴巴，而你，则扭过身去，假装什么都没有看到。可是，你却清晰地感觉到，那一刻你的心，正代替了眼睛，穿越一重又一重繁盛无边的光阴，一直回到你曾经张着没有几颗乳牙的小嘴，含混不清地喊他“爸爸”的那个原点。

父亲在城市里串门

住在遥远山村里的父亲，进省城来的第一件事，便是让我带着他去拜访邻居。我为难，问他要拜访哪个单元哪个楼层哪个房间的邻居，父亲掰着手指头算了算，说，六层楼三个单元，总共三十六家，我估计不出一个星期就能将你的这些邻居拜访完了，要是在村子里，走平坦土路，我一天就能将全村人家逛个遍。我笑，说，可关键是，人家都关门闭户的，连我都不认识，更别说您老人家了。父亲瞪我一眼，说，才进城几天，就把老家的风俗给忘了，你新来的不去人家坐坐，以后在家有困难了，谁来帮你？

我费了好大劲，才让父亲勉强明白，城市里住在你对面防盗门里的那个人，或许一辈子也不会跟你说一句话，邻居在这个喧哗的都市，已经只剩下最表层的意思，否则不会在门上安一个猫眼，防贼，也偷窥对面那个总在夜晚回来的男人。

但父亲还是拧不过理来，憋在家里沉默了几天，终于忍不住，决定去拜访邻居。他先敲开的，是对门晚归男人的家。男人照例不在家里，只有一个与他差不多同龄的退休老头和一个四五岁的男孩。父亲将从家里捎来的晒干的柿饼拿给孩子几个，说以后左邻右舍的，多多照顾。据父亲说老头看上去像个有知识的人，还让他进屋去聊。当然他跟父亲没多少可聊的，父亲说的猪鸭羊牛，他插不上话，他说的老战友老同事父亲也听不明白。但父亲却为此得意，说，最起码在小区花园里散步的时候，可以有个人打招呼了，而且，还能逗引他那可爱的小胖孙子说说话。

随后父亲又敲开了同单元的 101 房间，这家可没有对面老人的好脾气，是个中年男人，开了门，看见父亲手里让我在电脑上打印好的一沓“致邻居书”，以为是发传单的，防盗门也没开，便隔着“栅栏”说：什么事？父亲看着“监狱”里的那男人，点头一笑，将一张纸递了过去，说：我是六楼房主的父亲，刚从乡下来，没带什么东西，过来拜访一下。男人警惕地看父亲一眼，冷淡地“哦”了一声，便关了门。

父亲吃了闭门羹，并没有泄气，照例一家家敲门。有人估计只从猫眼里看了父亲一眼，便将父亲认定是个闲杂人员，不予开门。有人将父亲插在门口的“致邻居书”，当成某个小孩儿搞怪，看一眼便丢进了门口的垃圾箱里。有人则看也不看，丢一句国骂，便踩在了脚下。但也有一些，觉得奇怪，也不上楼，直接在单元门口的电话上，狐疑地问一句：你家老爷子是不是有什么毛病，挨家挨户发什么传单？如果有病，最好还是送到医院里去，要不让左邻右舍觉得心里不安。

我没好意思将这个人的话告诉父亲，却委婉地将别人不喜欢这样的打扰解释给他听。父亲闷头吸了一支烟，脸上又现出走街串户才会有的轻松来。我有些担心他又有什么新的结识邻居的花招，试探着问道：爸，你以后不会再去敲这些邻居的门了吧？父亲很爽快地答应道：爬楼那么累，我才不会再将那些发出去的传单捡回来呢。

我的心还没有放下，便又接到了新的投诉。是三单元的一个住户，说父亲每天在小区花园里跟着录音机唱京剧，或者拿一自制的快板说唱，严重打扰了作为SOHO一族的他在家上班。一个尖嗓子的女人则说父亲唱得实在难听，他可以去公园里练嗓或者表演，在小区里，则对他们的日常生活构成了噪音污染，女人还扯着嗓子警告我说，如果再不阻止父亲的行动，他们会请小区的管理人员帮忙解决。

我知道父亲其实是在用这样的方式，吸引那些“志同道合”的老头老太走出家门，与他唠唠嗑，聊聊家常，或者什么也不说，杀盘棋也成；但为了完全阻止父亲的行动，我还是用大声训斥的方式，让不想给女儿惹祸添麻烦的父亲，接受了我的观点：此后不再跟人乱套近乎。

几天后，我下班经过天桥旁边的一个小店，远远地，便看到了父亲，正挤在一群老头老太的外面，半个身子探进去，目不转睛地看着什么。我走近了，才知道那是互不相识的老头老太们，自发组织的一个小规模打牌活动，如此普通的一个活动，却让一群被社会忘记的老人们，在马路边上飞扬的尘土里，玩得不亦乐乎。

我没有打扰父亲，因为他在专心致志地跟别人学着牌技。我隔着一些来往的人群，看着这个在城市里一直没有停止过热情的父亲，不知道为什么，心里突然涌起一股忧伤，为父亲，更为那些将父亲的一腔热情，轰到马路边上的邻居们。

包利民

黑龙江人，专栏作家，《读者》《青年文摘》《意林》《格言》等期刊签约作家，畅销书作家。黑龙江省作家协会会员，教育部“十一五”课题组文学专家。已在海内外各大报刊发表文章近万篇，获各级奖项若干，千余篇文章入选各类丛书，有文章入选小学语文教材，多篇文章入选高考和中考语文试卷。已出版《当空瓶子有了梦想》《一朵花开的时间》《一条鱼眼中的海》《不能跳舞就弹琴吧》《给星星找片夜空》《低头见花》等十余部作品。

花开的方向

母亲喜欢养花，阳台上摆满了大大小小的花盆，四季的轮换里，总有花儿是绽放着的，如此，阳台里一直充盈着春意。另外，有几盆花是放在母亲的卧室里的，那几盆花是同一品种，母亲也叫不出名字，多次的搬家，无论是同城里的迁移或城市间的辗转，那几盆花母亲都没有丢弃。

那几盆花只在每年的夏季里开放，花期半个多月。花朵并不出奇，比指甲略大些，一圈的花瓣，中间是橙黄的蕊，形状上像极了缩小的葵花。它们通常是三五朵聚拢成簇，有一种极浅极淡的香，只在寂寂的夜里，万虑皆宁的时刻才能感受得到。这种花唯一特别的地方，就是固定地朝着西方开放，无论怎样地挪动位置或转动花盆，都不能影响。母亲就这样宝贝似的把它们放在卧室里，不离不弃。

母亲对于养花有一套独到的经验，不管什么花，在她的调理之下，都显出一股子活泼劲儿来，常让她那些老姐妹们欣羡不已，总有许多人慕名上门来取经，或讨花桠和花籽儿。母亲的养花爱好是受姥姥影响，或者是遗传使然，少年时曾和母亲回她的老家探亲，姥姥家在一个很远很远的乡村，几乎养了一屋子的花，院子里也栽得满满的。那时我就发现了那种母亲至今珍爱着的花，想来是姥姥送她的了，问母亲花名的时候，她含笑说：“你姥姥也不知道叫什么名字呢！反正我老家那边，这种花是很常见的！”

母亲卧室里的花，起初在老家还没有搬到这个城市的时候，我记得是五盆，后来我大学毕业后，就成了六盆，而搬来这里后，又多出来一盆，成了七盆。仔细回想一下，几乎是以每十年一盆的速度递增着。直到去年，发现那花变成了八盆，几乎摆满了卧室里的窗台。算起来，去年正是搬来这个城市的第十年了。而母亲的那些老友中，却极少有人知道这几盆花，母亲也从不给她们看，似乎那只是她自己的秘密。

母亲卧室里的窗户恰好是向西开的，那些花儿摆在那儿，每年夏季开花的时候，那些花儿便丛丛簇簇地向着窗外，很像隔窗远眺的样子。在它们的花期里，母亲留在卧室里的时间就多了，常常是坐在床上，向着那些花儿，也不知是在欣赏花儿的开放，还是看向窗外。那眼神飘忽着，仿佛很近，又似乎很远。

去年年末的时候，母亲回了一次她的老家，给姥姥过八十大寿。也有好几年没回去了，临行前显得很是兴奋，似乎不管多大年龄的人，一想到要见着自己的母亲，都表现得像个孩子，是啊，不管多大，在母亲面前都是孩子吧！母亲一个劲儿地叮嘱父亲，卧室里的那些花几天浇一次水，每次水量是多少，直到父亲都能背得出来，这才放心而去。而阳台里那些花儿的照看问题，母亲却是一句没提，任由父亲去折腾。

母亲回来后，很高兴，有一种满足的神情，不停地说着姥姥的身体很棒，依然伺候着一大院子的花。也难怪，八十岁的人了，能有这样的身体和精神，作为子女自然开心幸福。心里忽然一动，姥姥八十大寿，而母亲的花儿正好是八盆，回想起来，似乎真的是随着姥姥每十岁的增长而增多一盆。于是笑问母亲，母亲看向那些花，说：“对呀，就是这样，你姥姥每长十岁，我就多种一盆！”一瞬间忽然明白了母亲为什么钟爱那几盆花了，那些花是母亲从故乡带出来的，是姥姥曾栽种下的，母亲珍爱着它们，其实是对姥姥的一种思念，一种祝福。

有一天在网上，无意间闯入一个花卉论坛，各种花草的图片琳琅满目。素来对花花草草兴趣缺缺的我，正要关掉网页，忽然，仿佛闪电般，一个熟悉的画面就划过我的眼睛，正是母亲卧室里的那种花！于是急忙点开，看它的介绍。上面说，这种花不管在什么地方什么情况下，都是向西开放，并分析了一大堆的原因，心里涌动着一种巨大的感动，因为我终于知道了它的名字，那是一个让人悠然神飞、魂牵梦绕的名字——望乡。

那些花又到了花期，母亲依然在守望着，目光轻柔地抚摸过那些小小的花朵背影，然后投向西方。而远远的西方，隔着山，隔着水，隔着风雨云雾，有母亲的故乡，有母亲的母亲！

你能笑一次吗

从记事起，她就从来没见爸爸笑过，问妈妈，妈妈却说：“爸爸有病，不会笑！”她很是不理解，会有什么病能剥夺一个人笑的权利？但她知道爸爸是极疼爱她的，有时候她就求爸爸：“爸爸，你能笑一次吗？就一次！”可是爸爸真的笑不出，她就用两只小手揉搓爸爸的脸，揉成各种笑脸的形状。

渐渐长大后，她才知道爸爸的面部神经萎缩，根本控制不了肌肉，那些肌肉就常保持在一个收缩状态，显得很僵硬。有时候她依然会撒娇，让爸爸笑一次，然后依然用两手去轻轻按摩揉抚爸爸的脸。每次全家人坐在一起看电视，遇见好笑的节目，她都会注意到爸爸，爸爸的眼中全是喜意，虽然面无表情，见她看过来，就嘴里发出笑的声音。那样的时刻，她心里的欢乐就会黯淡许多，有一种淡淡的伤感漫上来。

有好多次，她曾发现爸爸在偷偷地对着镜子，想努力改变一下面部表情。她知道爸爸是想能真正笑一下，为自己的女儿。有一次，她对爸爸说：“爸，你不用勉强自己，我知道你心里是笑着的，就行了。我也会一直让你在心里乐开了花，好不好？”爸爸的眼中闪着幸福而喜悦的光芒。

她结婚的时候，一想到从此要进了别人的家门，离开爸爸，她就难过得直掉眼泪。爸爸轻轻地拥着她，说：“乖孩子，爸爸心里乐开了花了，你还哭什么呀。这么大喜的日子，要开心，爸爸才能心里笑！”她抬起头，强忍眼泪，冲爸爸笑。

后来爸爸就患了绝症，才五十多岁的年龄，这个时候，她才知道，世界上还有比不能笑更可怕更折磨人的病。那些日子，她真的一点也笑不出来，虽然知道爸爸希望看到她的笑。许多日子不曾笑过，她想起了爸爸终生的不能笑，可是，爸爸心里是快乐着的，而自己，不笑，心里却充满了悲伤和无助。她想，只要爸爸能好好活着，就算他不笑，她也会是幸福的，她不会再去要求爸爸笑了。

爸爸终于到了弥留之际，她俯在病床边，心中痛得无以复加，却又是那么无力，无力留住爸爸正在消散的生命。爸爸看着她，她想努力地笑一下，却是一个比哭还要勉强的表情。爸爸小声说："爸爸要走了，可能爸爸真的能对你笑一次了！"由于生机的散去，脸上收缩的肌肉慢慢展开，爸爸就带着这样一个微笑的表情，永远地闭上了眼睛。

爸爸真的为她笑了一次，而这最后的微笑却永远地刻在了她的心上。她时常会沉浸在爸爸的笑容里，轻声说："爸，我会一直好好的，让你心里永远都乐开花！"

你在谁的梦里

一个上午，在邻居家小坐，五十多岁的大婶正兴致勃勃地和我讲她的儿子，忽然她的电话就响了。我听她接电话声音极大，几乎每一句都是喊出来的。我听出是她母亲打来的电话，她歉意地朝我笑了一下，便去别的屋里继续说，只是那声音却越发大了。

过了一会儿，大婶回来了，告诉我说，她母亲快九十了，耳朵不好使，不喊着说话她根本听不见。她问："你知道老太太给我打电话什么事吗？"没等我回答，她自己就笑起来，边笑边说："老太太昨天晚上做了个梦，梦见我了，说我还是小时候在她身边的样子。今儿早晨起来，却怎么也想不起做的什么梦了，想了一大早晨，才想起来是梦见我了，就给我打了个电话！”

一瞬间心里恍若起了雾一般，穿行着无数的往事。我在心里搜寻着无数个沉沉的夜，想找出那些依稀的梦境中，有没有过自己母亲的影子。翻遍心中所有的角落，找到一个尘封的夏日。那时我还在电厂工作，还在长年地倒班。那个早晨，刚刚下了零点班，躺在床上欲睡，窗半掩，清风和红尘的嘈杂纷纷扑入。睡梦中，仿佛自己仍是儿时，睡在母亲身边，梦中的梦中醒来，母亲不见了，便大哭。醒来，外面依然是七月的阳光洒落，脸上依然有着泪痕。

想来只有这一次在记忆里留下了印痕。从邻家回来，给母亲打电话，闲聊了好久，最后问她有没有梦见过我。母亲沉默了一会儿，似也在回想，然后说，我在想没有梦见你的时候有多少次。一瞬间有一种想哭的冲动，远离母亲的孩子，走得再远，也走不出母亲的梦。而我们梦见母亲的次数，却是那样少。

忽然想起，一个老大哥曾和我说过，他母亲去世后，他经常梦见母亲，梦见年轻时的母亲，梦见年老时的母亲，几乎每个夜里，母亲都会以各种形象出现在梦里。我说，那是他思念母亲，所以才会梦见。他却固执地告诉我，是母亲不放心他，所以才会夜夜进到梦里来看自己。然后他很痛苦地说：“没想到，母亲生前，我很少梦见她，而现在……”

后来，我曾问一些朋友，问他们会经常出现在谁的梦里，他们先是愕然，然后会说，这上哪儿知道去！待我给他们讲了那个大婶和那个老大哥的事，便皆默然。我知道，他们一定是想起了自己的母亲，在想着母亲怎样梦见自己。

时间的漫漶和空间的辽远，并没有磨灭我们在母亲梦里的模样，从蹒跚咿呀到儿童少年，从成家立业到两鬓飞霜，都深刻在母亲的每一缕思绪里。想起那天那个大婶接电话时的情形，她虽然一直笑着喊着，可是眼中却闪着一缕泪光。是的，只要我们能一直在母亲的梦里，那么，不管离得多远，不管境遇多艰难，都是最幸福的孩子。

你怎么知道我说谎

小时候，他很怕母亲，因为每次说谎，母亲都知道。起初的时候，他以为是自己的谎话说得不够好，可是即使编得再完美的谎言，也会被母亲像从米里挑虫子一样挑出。

有时他会想，可能母亲去了解了情况，才知道自己撒谎。可是有一次，母亲在家里睡觉，他在一边看书。过了一会儿，见母亲睡得很沉，便偷偷溜到野地里玩儿，估摸着母亲快醒了，才回到家。刚捧起书没一会儿，母亲就睁开了眼睛，把他叫到身前，问："我睡觉的时候你都干什么了？"他极镇定地说一直在看书，母亲的脸一下子沉下来："又撒谎，说，去哪儿玩了？"他当时很惊恐，下意识地退后了几步，说："你是妖怪！"

母亲一愣，他说："你都睡着了还知道我出去？"母亲笑着说："你要是承认自己撒谎，我就告诉你我是怎么知道的！"他老老实实地承认了，然后眼巴巴地看着母亲，母亲说："很简单的事，你每次撒谎的时候，右手的拇指就会压在食指上！"他仔细想了一下，似乎自己真有这个毛病，心里挺高兴，相信了母亲不是妖怪。不过以后他撒谎的时候就少了，因为在母亲的突然袭击下，他根本控制不了自己右手的动作。

后来，他长大后，在远离母亲的一个城市里工作，一直想接母亲过来，可是母亲习惯了原来的生活环境，总也不肯去。他于是给母亲买了台电脑，让母亲在家里上网。有时候，晚上他会和母亲视频聊天，有一回母亲问他的女朋友处得怎么样了，什么时候结婚等，他说处得很好，还年轻，先不急结婚。忽然他见母亲的脸上又现出当年的神情，母亲说："你还敢和我撒谎，说说吧，是什么时候和女朋友分手的？"他忙看向视频窗口，自己只显示上半身，根本看不到手，母亲怎么又知道自己撒谎了？

他求母亲告诉自己破绽又出在哪里，母亲还是那句话："你告诉我事情经过，我就告诉你我怎么知道的！"终于他得到了答案，母亲说，他一撒谎的时候，右眉总是不经意地跳动几下。他很是郁闷，先是右手，后是右眉，看来自己说谎话的时候毛病真不少。

从那以后，他有什么事情不想让母亲知道，就不上网和母亲视频，因为他不想母亲担心自己。于是就改成打电话，可是，让他惊奇不已的事又发生了。有一次电话里母亲问他工作顺利不、以前不是说升职现在升了没有，他告诉母亲升职的事要到年后才能实现，并罗列了一大堆理由。可是母亲说他撒谎，问他是不是升职的事没希望了。他极度不解，在和以往同样的交换条件下，他得到了答案。原来，他说谎的时候，每句话的第一个字都说得很重，而且会偶尔轻咳两声。

他很是惊奇，自己这么多琐碎的特点，母亲竟然能全部掌握！他并没有试着去改变自己说谎时的一些习惯，因为他知道，母亲一定还有其他的方法来鉴别。他很感动，知道只有母亲才会记得自己的所有，多少年也不会忘记。是的，如果有一天，母亲说出连你自己都不清楚的细节，不要奇怪，因为在母亲面前，在母爱面前，任何事都是奇迹。

让人心疼的愿望

和一些朋友相聚闲谈，就说起了各自母亲的事，凡是母亲健在的，都有着一种幸福，可见老话说得好，不管多大年纪，只要母亲在，就都是幸福的孩子。也觉得母亲们已经操了一辈子心，看着儿女都已经成家立业，应该也是幸福的晚年，不会再有什么愿望，只去享受最后的安静与清闲。

在我所有的亲属之中，舅妈是最为高寿的，今年已经九十三岁，而舅舅却已经去世了近三十年。舅妈家孩子多，我共有表哥表姐七人，如今在各行各业都是混得风生水起，所以老太太都被各家当成老祖宗对待着，生活幸福无忧。去年过年的时候，舅妈的子女们都聚齐，那是一个很难得的盛大场面，儿孙满堂，几代人的心都维系在舅妈身上。舅妈特别高兴，还喝了一口酒，席间最小的孙女问：“奶奶，您在新的一年里还有什么愿望吗？”

大家全都安静下来，想听听老祖宗有什么愿望，一定要帮她实现。舅妈笑了，看着她的儿女们说：“愿望我倒是有一个，也是一直都有的。说句不该大过年时说的话，我就想着，如果有一天我死了，你们都能在！”大表哥说：“妈，您这说的什么话？我们不是一直都在你身边嘛！”舅妈很是慈爱地看着已经七十岁的大儿子，说：“我说的都能在，是你们都活着！特别是你，也这么大年纪了，身体还没有我好，要是我把你靠没了，我不得心疼死！有时想想活太长时间也不是什么好事，你们的爸多好，在你们在时就走了！”

原来舅妈的愿望就是希望儿女们能活得比她久，希望在儿女都活着的时候闭上眼睛。想起另一个亲戚，她虽然也算高寿，却是经历了两次白发人送黑发人，虽然生活富足，却是心境凄凉。要儿女们都活得好好的，是天下所有母亲一直都有着的心愿。所以，作为儿女的我们，能陪老母到最后也是尽孝到底，即使不能在榻前送终，只要我们健康地活着，母亲也能安心地长眠。

我把舅妈的事说给朋友们听，他们一时都沉默。其中一个人垂头良久，再抬头时竟是泪流满面。我们很惊讶，以为他母亲已经辞世，所以一时感伤。这个三十多岁的大男人哽咽着对我们说：“我原来嗜酒如命，每天都要醉上两场，那时我妈就总说我，我不听，有时喝醉了还和她吵，后来她一气之下回农村老家了，说不想看我天天半死不活的样子……我现在就去接她回来！”说完，他顾不得擦泪，匆匆出门而去。

忽然记起，有一次，大表哥不小心在客厅里滑了一跤，舅妈急忙跑上前去吃力地扶起他，一个劲儿地问：“儿啊，摔坏没有，哪里疼？怎么就不知道加小心呢？”那一刻，年近古稀的大表哥忽然就哭了。

世间最美的房子

当她生下女儿，幸福的潮水还没退去，却被医院告知，女儿是脑瘫。刹那之间，她世界中的温柔春雨变成了飞雪冰雹。有人劝她，就别要这个孩子了，这种病治不好，会拖累你一辈子。她和爱人商量了一下，决心要把这个孩子养大，不管前路上有多少艰辛。

抚养一个脑瘫的孩子，种种意想不到的困难接踵而至，她却从没有后悔过，没有退缩过。她把一个母亲所能付出的全部的爱，都给了女儿，虽然女儿长到十岁还不能说出一个字，还不能走路，甚至，从没有笑过。这是她最大的遗憾，她想尽办法去逗女儿，可这孩子仿佛天生不会笑，就像一朵不能开放的花。

后来，和她一直在同一战线的爱人退却了，他想再要一个孩子，可她却不同意，她怕有了另一个孩子，自己就不能全心全意地照顾这个女儿。终于，爱人和她离婚了，她没有丝毫的怨怼，甚至觉得是自己对不住他。她带着女儿艰难地生活着，可不管怎样苦怎样累，每天她都要用轮椅推着女儿去看夕阳。她还查阅了大量有关的资料，努力地教女儿一些知识，虽然收效甚微，她却从不放弃。

那是一个雨后初晴的黄昏，她推着女儿从外面回家。在家门前有一个小坡，下过雨有些滑，她推了几次都没能把轮椅推上去。后来，她用尽力气终于把女儿推上了坡顶，喘着粗气对女儿说："宝贝，咱们又胜利一次了！"就在这一刻，那孩子忽然就笑了，而且笑出了声。她一下呆在那里，在斜阳之中，女儿的脸上就像绽放了一朵美丽的花，灿烂无比。她从没想到，女儿笑起来竟是这么美！多年的种种，在这笑容里，都变成了幸福的点滴。

那一瞬间，女儿笑了，妈妈却哭了。

几年以后，当她面对记者，仍能清晰地记起女儿第一次笑时的每一个细节，记起自己心中的那份幸福与感动。她此时已经开了一个学校，专门招收脑瘫儿童，她把自己的爱给了更多不幸的孩子。她说了一句让所有人动容的话："天下没有不幸的脑瘫孩子，只有不称职的母亲！"

她的女儿在十六岁时画了平生的第一幅画，画中是一所房子，而这所房子却是一个母亲的怀抱，在房子里，在母亲的怀抱中，是一个笑靥如花的小孩儿。当这幅画出现在电视中，当人们知道了这对母女的故事，都哭了。许多人打电话对她说，那幅画是他们见过的最好的画，画中的房子是最美的房子。因为有了爱，那房子便成了最温暖的家！

是的，母亲的怀抱，永远是世界上最美的房子。

走得越远，离得越近

曾拿这个问题问过不少人，我们走得越远却离得越近的，到底是什么？给出最多答案的，就是理想，或者梦想。理想确实就是这样，在我们前进的路上，每向前一步，就接近一步。可是我总觉得这个答案有些缺憾，却又想不分明。直到有一天，一个女孩给了我另一个答案。

她听了我的问题，想了想，没有直接回答，而是给我讲她这些年的经历。想想她也的确很不容易，老家在南方，自从上大学就远离故土，毕业后也一直留在哈尔滨。辗辗转转的，经过悲欢，也历过离合，虽尘劳漫漫，却没有掩去脸上的笑容。其实一直支撑她笑着走过来的，就是几千里外的母亲。以前没离开时，并不理解母亲，反而嫌母亲唠叨，嫌母亲不理解自己，总觉得与母亲之间有着不可逾越的鸿沟。可是当远了以后，却发现自己越发想念母亲的一切，觉得曾经无比厌烦的那些唠叨，竟也是幸福的。后来，竟是盼着母亲打电话来，或者打电话给母亲，哪怕听她的唠叨也好。

最后，她对我说："走得越远，我就觉得自己离母亲越近，以前认为的鸿沟，似乎被几千里的路途在上面架了一座桥，我已经能轻易走进妈妈的心里！"

我亦动容。心里飘过母亲的影子，这许多年的尘世奔波，却是越来越想念母亲，母亲在我心中，看得越发真切，真切得可以看清每一丝银发。忽然想起一位老人，他是我的忘年交，在他六十多年的生涯中，母亲一直占有生命中最重要的位置。他自幼丧父，母亲带着他一路乞讨来到黑龙江，从此定居于此。母亲是聋哑人，能将他拉扯大，付出的艰辛无人可知。他三十六岁时，母亲去世。自那一年起，每一年母亲的祭日，他都会禁言一天。那一整天不说一句话，也似乎听不到任何声响。他就用这种方式接近着母亲当年的心境，用这种方式去怀念母亲。

对于这老者而言，六十一岁的年龄，已经在人生的道路上走得很远了，岁月的遥远并没有拉远他和母亲的距离，那份情感却是日复一日地深刻深沉。有时他会很欣喜地说：“又过去了一年，在人世又少了一年，离母亲又近了一年，等我去世，就可以陪在母亲身边了！”于他而言，一生走得越远，就离死亡越近，离母亲越近。

时间的遥远与空间的辽阔，隔不断母亲对儿女牵挂的目光。抑或母亲的爱就是一片无远不至的大海，我们走得再远走得再久，也走不出母亲的世界。十年百年，千里万里，永远如是。

最美的家书

上大学的时候，我是班上的宣传委员，工作之一便是给同学们分发信件。特别是大一的时候，每个人的信都特别多，那信大多是家书和高中同学间的信件往来。每个同学接到信都特别兴奋，可见第一次离开家乡，大家对亲人是多么的想念。

我发现有个叫沈晓丹的女生信特别多，每周都能收到好几封。我知道都是家书，因为信都是从沈阳的同一个地址寄出的。记得当初自我介绍时，她就说过她的家在沈阳。可是，这家书也太多些了吧，看信封上的字迹，还不是一个人的。我曾问过沈晓丹，她浅浅地一笑，说：“我家的弟弟妹妹多，他们都爱给我写信！”

沈晓丹是一个极安静的女孩儿，平时话说得很少，除了学习，就是喜欢看书，经常可以在图书馆看见她的身影。而且，我还总能在校外的书店遇见她，每次她都买一些书。她说给弟弟妹妹们邮回去，他们特别喜欢看书。她的钱大部分都用在了买书和买信封邮票上，我问她：“为什么要每个人都写回信呢？写一封就完全可以呀！”她说：“不行，他们每个人都有自己的心事对我讲，我必须单独给他们回信。而且，每次回信我都要在信中夹寄一张邮票，他们哪有钱买邮票给我写信啊！”我说：“你对弟弟妹妹们可真好！”她点头说：“是的，我爱他们，永远都是！”

后来，在一次填表格时，要求写上父母的情况，我才震惊地发现，沈晓丹的父母早就过世了。忽然明白为什么她对弟弟妹妹们那么好，而弟弟妹妹们又是那样地依赖她，原来，他们一直是相依为命的啊！

随着时间的推移，同学们写信的热情大大地减少，只是沈晓丹依然是家书不断，一直到毕业都是这样。毕业时收拾东西时，她的信竟装了满满一箱子，她像收藏宝贝一样保存着那些信。她毕业后回了沈阳，据说做了一名教师。

毕业三年后的一天，我在网上闲逛，并信手整理着一些以前的日记本。忽然在一个本子上发现了大学时班上的通讯录，第一个就是沈晓丹，因为当初看惯了她的那些家书信封上的地址，便记了下来。三年了，本以为一切都淡忘了，此时那些往事重又涌上来。于是我在搜索引擎里输入了沈晓丹家的地址，我木雕泥塑般面对着电脑显示器，内心却风起云涌。忽然记起了不久前曾在同学录上看到沈晓丹的一则留言：“这个班级也是我的家，你们也是我最亲爱的兄弟姐妹，我想念你们！”

在电脑上的搜索结果中，沈晓丹的家庭地址，赫然显示着：“沈阳市 ×× 孤儿院”！

原来，她和她的那些弟弟妹妹们，都是孤儿！

崔修建

文学博士，《读者》《青年文摘》《格言》等期刊签约作家。现为哈尔滨师范大学文学院写作教研室主任，硕士研究生导师。曾在国内外数百家报刊发表各类作品四百余万字，被《读者》《中外文摘》《视野》《意林》等报刊转载八百余篇，有数十篇作品入选一百一十多种教材及教辅书籍，多篇作品入选多个省市的中考、高考试卷和模拟试卷。作品曾入选《名家散文精选》等四百多种选集。已出版个人作品集《爱那么短，爱那么长》《有一种花叫不谢》《左手智慧右手爱》等十八部，与人合著《人生锦囊全集》等四十多部，编著教材《大学写作教程》等。

父亲是“蜘蛛侠”

我在医院里见到了创造奇迹的他。四十多岁的他躺在病床上，胳膊和腿上缠满了绷带，带着劫后余生的惊悸和庆幸，他向我讲述了自己的故事。

他的家在西北黄土高坡上，就像那首著名的歌曲里所唱的那样，大风经常从他家门前刮过，坡上的那几亩薄田的收成，根本养活不了一家人，他便只好离开腿脚残疾的妻子，一个人跑出来打工赚钱。他的大女儿已嫁人了，家里还有一个六岁的儿子。

他说他很喜欢上海这座现代化的城市，那些向蓝天伸展的高楼大厦特别有气势，以前他只在电视里面见过成片的楼房。没想到自己这样的一个农民，还有机会登上那些高楼大厦，还能跑到那么高的地方去工作，还能给这个城市擦擦脸，美美容，体验一下当“蜘蛛侠”的感觉。

我问他怎么选择了高楼室外保洁这个高危险的工种，是不是他从小就喜欢攀高。

他憨憨地笑了，说自己其实以前患有严重的恐高症，刚进城时，给人家扛液化气罐，爬上七层楼，他都不敢从阳台上往下看。

我惊讶了：“那你后来怎么还能爬到那么高的楼顶，还能把自己悬在半空中，一干就是好几个小时？”

“主要是为了赚钱，找工作太难了，只能硬着头皮上呗。”他说得淡然。

“第一次上去肯定吓坏了吧？”我想知道他是怎样克服恐高症的。

“确实是那样，第一次把自己捆绑好了，被同伴从楼顶慢慢地续下来，我贴在窗框上，紧张得心都快到了嗓子眼儿，我一点儿也不敢往下瞅，只盯着上方和面前的玻璃窗，没干上一个小时，我就快虚脱了，不是累的，是吓的。被放到地面上，好长时间了，我还晕晕乎乎的。”他讲得很简短，但我还是能够感受到当初的情形。

“那后来怎么越爬越高的？”我知道他这次受伤是攀上了 150 米的摩天大厦。

“那得感谢我儿子，是他让我变得越来越勇敢了。”说起儿子，他语气里充满了骄傲。

他告诉我，他儿子特别聪明，一天幼儿园都没上过，刚刚六岁，就能认识五百多个汉字，还学会了用拼音查字典，自己能看懂不少书，还会给他写信。儿子问他在城市里干什么活儿，他说是给那些高楼除灰尘，儿子说那叫城市美容师，他还是头一回听到“城市美容师”这个美称，觉得儿子真有文化，虽然还没上小学，却比他强多了，他一定得多赚钱，让他好好读书，不能再像他姐姐那样念不起书，早早地辍学了，嫁了人还是过苦日子。

后来，儿子听村里回去的一位打工的人描绘大上海的楼多么的高，就写信给他，问他是不是像“蜘蛛侠”那样悬在半空中干活儿，那可是太棒了，儿子告诉村里的小朋友，说自己的爸爸是一个“蜘蛛侠”，儿子可自豪了。

他在城市里见过“蜘蛛侠”的电影海报，也曾羡慕过

“蜘蛛侠”的高超本领，可他不行，他不能像“蜘蛛侠”可以快速地徒手攀上那么高的大楼，他系了安全带，还浑身打战呢。然而，儿子却认为他是“蜘蛛侠”并以此为骄傲，他怎么可以让儿子失望呢？于是，他豁出去了，不就是登高吗？不就是悬挂半空吗？别人能做到的，自己也能做到。这么一想，他就无所畏惧了，并且很有些悲壮地坚持下来了。终于，他成了一个可以自豪地向儿子讲述攀高劳动的“蜘蛛侠”。当然，这期间他也经历了许多别人不知晓的艰难和危险。有一次，他一恍惚，眼前一黑，差一点儿从二十多米的高处摔下来。

我恍然明白了，原来他冒着危险，克服恐高症，爬到高楼的外端，仅凭着一根保险绳，将自己悬挂在墙壁上，做一名“蜘蛛侠”，不只是为了赚一份薪水，还为了给远方的儿子赢得一份自豪。

我问了他那天事故发生时的一些细节。他告诉我，在他登上一百五十米高的楼顶，反反复复地检查过，在确信一切准备妥当后，他才开始用滑轮一点点地往下放自己。没想到，突然刮过的一阵疾风，让保险绳牵着他在楼壁上大幅度地摇摆起来，腿一下子撞到了那个室外空调上，他疼得一晃荡，整个身子向后倾倒，头撞在了墙上，手松了一下，上面的滑轮转速陡然加快，带着他快速向下滑去。

慌乱中，他想起儿子说过“蜘蛛侠”的眼睛里只有高处，懂得只有自己才能帮助自己。而那一刻，他只想着一定要活下去，要告诉儿子他也是一个很棒的“蜘蛛侠”。谢天谢地，在快速下滑了六十多米后，他腾出一只手死死地抓住了一扇窗框，并忍着伤痛等来了救援人员。

“出院以后，你还会从事那项工作吗？”我望着经历了那场生死考验的他。

“当然还会去做，我不会做一个逃兵，不能让儿子失望啊。对了，请你不要在报纸上登我的名字，也不要发我的照片，我不想让家里人为我担心。”他向我提出了这样的请求。

“你真是一个好父亲！”我敬佩地向他跷起了大拇指。

他嘿嘿地笑了：“我儿子也一直这么说，其实，我就是一个进城打工的老农，也没什么大本事，普通得很。”

然而，在我的心目中，他却是一个比“蜘蛛侠”还令人肃然起敬的英雄，是一个叫人心生感动的好父亲。

你的美，我知道

很偶然地，我闯入了一个专门祭奠亡灵的网站，上面有很多修葺得漂亮而肃穆的墓地，人们随时可以祭奠逝去的亲人，可以方便地烧冥币，可以从容地献花，还可以自由地抒写留言……我的目光缓缓流过那些别致的墓志铭和那些怀念性文字，品味着那些长长短短的真情告白，一个个曾经鲜活的生命，便自然地穿过文字，清晰地朝我走来。

蓦然，我游走的目光定格在一块洁白的墓碑上。逝者是一个叫天天的小女孩，她在人间只生长了五个春秋，便蓓蕾般地凋谢了。墓碑上那张精选的照片，怎么也看不出女孩的漂亮，倒是很容易看出明显的丑小鸭的味道，而年轻的母亲为女孩撰写的碑文，却惊雷般地将我震住——“你的美，我知道”。

是不是出于母爱，她才这样自恋地赞叹自己并不美丽的女儿？揣着好奇，我开始阅读她近一年来断断续续写下的那些深情盈盈的文字——

天天，我美丽的女儿，你是樱花绽开的三月睁开好奇的双眼的，迎接你的是明媚的春光，是爸爸妈妈整天都合不拢嘴的笑。

然而，我们一家的幸福很快被拦腰斩断，天天，你三岁那年，竟得了医学界至今仍最为棘手的不治之症。你不知道，爸爸妈妈捧着那冰冷的诊断书，那种刀割的感觉，是多么的痛苦。

我们抱着你辗转国内各大著名医院，带着奇迹出现的渴望，一次次地走来，又一次次地黯然离去。天天，我们眼睁睁地看着你要离我们而去，我们却只能无助地祈祷上苍。

天天，你那么聪明，只住了两次医院，你就好像完全明白了自己的病情。有一天，你还像一个小大人似的，认真地跟我探讨起是否有来生的问题。

天天，你那么坚强，注射刺激性很强的干扰素时，你疼得直咧嘴，却还一副毫不在乎的样子，说你能够挺住，甚至在你刚刚剧烈地呕吐完了，泪花还在眼眶里面盈着，你还安慰我说，等睡一觉醒来就好了。

天天，你那么爱美，瞅着小小的白色病服，你跟护士阿姨建议上面应该绣上漂亮的卡通图案；对着镜子，你自己梳理那脱落得稀疏的头发，一次次努力想别住那个红色的蝴蝶发卡。

天天，你是一个文静的女孩，一本画报可以让你静静地翻阅几个小时，一堆积木可以让你悄无声息地摆弄半天。

天天，你是一个喜欢劳动的女孩，拎着小喷壶帮我浇花，坐在小板凳上帮我择菜，举着掸子帮我给衣柜除尘……每次看到我干活儿，总要插插手，总要帮我分担一点点。

天天，你画的草地真漂亮啊，那么多鲜艳的小花，还有会跳舞的小兔子，会唱歌的风筝……你想象的世界绚丽、美好。

天天，你还会写诗呢，比如，你说小溪想妈妈了，就去找大海，大海想小树了，就变成雨水回来了；再比如，你说妈妈的爱像头发那样多，你总也数不清。多好的诗句啊，连学中文的妈妈都惊讶了。

天天，你的眼睛有点儿小，可我看到了一泓澄净的湖水；你的嘴有点儿大，可我觉得特别像那个现在正火的影视明星；你的手掌有点儿厚，可放在我的掌心里，软软的，感觉特好；天天，你的龋齿生得真逗，左一个，右一个，很对称。

天天，你多么的美，只有我最知道。

天天，想着你的美，爸爸妈妈的心里都是暖暖的。

天天，说说你的美，爸爸妈妈更懂得怎样热爱生活了。

天天，谢谢你给我们留下了那么多的美，让我们每每提及有关幸福的话题时，我们总可以自豪地说，曾经和现在我们都很富有……

读着读着，我的眼睛湿润了：原来，每个孩子都是绽放在母亲心头最美的花朵，都在接纳着母亲博大而深邃的爱。“你的美，我知道。”简简单单的话语，却蕴藏着回味无尽的浓情厚意。

陪着母亲看花开花落

六十八岁的母亲刚刚搬到城里不到半年，竟得了严重的老年痴呆症。他一时无法接受这突如其来的变故，因为他心目中的母亲一向是坚韧的，那么多磨难都没有击倒过她。然而，他现在必须要面对这样的事实——老年痴呆症正将母亲一点点地拉入越来越痛苦的死亡之旅，母亲在逐渐失忆几个月后，竟连她最疼爱的儿子也不认识了。

母亲的这一生实在是太辛苦了，在黄土高原上那个贫瘠的小山村，母亲三十五岁失去丈夫，一个人守着几亩薄地，苦苦地拉扯着三个孩子，不但让他们健康地长大，还把他们都送进了大学，漏雨的寒舍竟成了山村远近闻名的“大学生之家”，还让三个孩子在外面的广阔世界里各自打出一片令人羡慕的天地。一个儿子和一个女儿都在国外知名企业里做金领，最小的他如今也已是一家大公司的总裁，身家早已过千万元。

自从母亲住进城里，他就开始减少工作上的应酬，努力地多挤出一些时间陪母亲。母亲生病后，他连工作时间都大大地压缩了，除了特别重要的事情到公司去处理一下，他把大量的时间留给了母亲，他想陪着母亲走完生命最后这一段让人心疼的路。

他想尽一切办法，期望唤醒母亲的记忆，然而，可恶的病魔似乎有意难为他，母亲已经什么都不记得了，任他怎样竭尽全力。给她洗脚时，看到她那木然的样子，他心酸得直想大哭一场。

唯一让他感到有些欣慰的是，母亲对他摆放到阳台上的那一盆盆鲜花，似乎有着一种特别的喜爱。每天都会为它们浇水、松土、修剪……然后，就呆呆地坐在那里，静静地看着那些花，眼睛里闪着慈祥的光亮。

每每此时，他也会安静地坐在母亲身旁，一会儿看看母亲，一会儿看看那些姹紫嫣红的花朵，细细的阳光透过窗玻璃，柔柔地拂着面颊，时光流动的声音仿佛清晰地响在耳畔，他的思绪便不禁肆意地漫射开来。

他记忆里的母亲是特别喜欢花的，无论是爬满栅栏的牵牛花，还是后院的刺梅，连那金黄的蒲公英和紫色的打碗花，她都喜欢得了不得。她曾说，懂得了花的生命，就能品出生活的滋味。那时他正是被梦想激励的翩翩少年，无暇也不愿去慢慢地赏花，自然无法读出藏在花里的奥妙意蕴。

时间久了，那些鲜亮的花朵，仿佛都懂母亲和他的绵密的心思，在他们母子深情满怀的注视中，有的开得淡然，有的开得热烈，有的开得急促，有的开得从容，有的开得短暂，有的开得持久，有的开得繁盛，有的开得朴拙……每一种花似乎都在展示着一种生命的样式，都在讲述着一段生命的故事。

与花朝夕相守，渐渐地，他挥走了弥漫心头的伤感。他知道：痴呆的母亲依然是幸福的，虽然很多很多的人间往事，她都已经无法记起，但她慈爱的眼里有花，静谧的心里有花，她仍有如花一样丰富的情感，只是她无法与人交流而已。

在陪伴母亲看花开花落的日子里，他疏于公司的管理，丧失了几次重要的商机，少赚了数百万元。但他丝毫不后悔，他跟最好的朋友说："其实，不是我在陪母亲，而是母亲在陪我。伟大的母亲在她最后的生命历程里，仍然在默默地教我理解生命的要义。"

一瓣瓣的花开，一瓣瓣的花落，谁听懂了岁月深情的叮咛，谁又馈赠了岁月珍贵的礼物，在那些平凡琐屑的日子里，在那些绚丽张扬的日子里。面对那一对心意绵绵的母子，我们除了奉上一份由衷的敬佩，还应该轻叩心扉追问一句：我们是否仍有一份从容看花的心情，是否仍有一份读懂花语的认真和执着？

母亲一直在倾听

母亲先天聋哑，一辈子陷在无声的世界里。

他小时候，口吃很严重。母亲领着他四处求医，尝试了种种治疗方法，虽然收到了一定的效果，但说话快了仍会有明显的口吃。

听一位医生介绍，口含石子朗读不仅可以练习发音，还可以缓解肌肉紧张，有助于矫正口吃。他就每天口含鹅卵石对着一面小镜子，练习快速朗读文章。而母亲每当忙完自己手里的活儿，总会静静地坐在一旁，微笑着看着他，一副很沉浸的样子。

后来，又听说经常唱歌，对说话顺畅也有帮助。于是，一有空闲，他便站在院子里扯着嗓子唱歌，一首接一首，尽管他五音不全，唱得很难听，可母亲却似乎听得津津有味，眼神里流露的全是赞赏和骄傲，似乎他跟电视上的歌星一样有着动听的歌喉。

初中快毕业时，他代表学校去乡里参加演讲比赛。很少出门的母亲早早地坐在了台下，在他演讲过程中，母亲一次次地使劲为他鼓掌，好像他是所有选手中讲演最棒的。只有他知道，他那慷慨激昂的演讲，其实母亲一句也听不到，但她似乎全明白他演讲的内容，她眼睛里的喜悦阳光一样无遮拦地流淌着。

高二那年，他想买一台复读机提高自己的英语听力和朗读能力，但窘迫的家境让他几次欲言又止，父亲知道他的心思，却只能无奈地叹息，只能安慰他——再想想别的办法吧。

距高考的日子越来越近了，而他实在想不出更好的办法来提高自己的听力。那天，他正对着刚刚发下来的英语考卷黯然神伤——听力 30 分的题，他只听清楚了 4 分的题。

这时，母亲赶了上百里的山路，风尘仆仆地来到了县城一中，欢喜地递给他一台崭新的复读机，然后便匆匆地搭便车回家了。

寒假回家，他才从父亲那里得知母亲悄悄地变卖了她唯一值钱的东西——当年外婆送她的一对祖传的银手镯，为他买了那台复读机。

望着母亲那被生活的艰辛弄得明显粗糙的手臂，他心头滚过一阵难言的灼热——谁说母亲什么都听不到？母亲不仅看得到，更听得到。

接到大学录取通知书，他一个一个字地念给母亲听，母亲孩子一样幸福地听着，仿佛自己中了大奖一样，脸上溢满了兴奋。

再后来，每当他取得一点点的成绩，回到家里，他都会兴致勃勃地讲给母亲听，而母亲总会慈爱地望着他，满脸堆笑地认真倾听着，好像一切都听得明明白白。

那天，他正跟母亲絮絮地述说着他的大学生活，一位高中同窗突然来访，惊讶地问他："你说的那些，母亲能听得到吗？"

"能听得到，虽然她的耳朵听不到，可是她的眼睛会听，她的心会听啊。"他自豪地告诉同窗。

他说得对，母亲一直在悉心地倾听着他成长的脚步声，她听得真真切切，因为她用的是一颗挚爱的心灵。

母亲在看着我

阳春三月，温柔的阳光轻抚着楼前的绿草坪。一个走路摇摇晃晃的两三岁的幼儿，正推着她的童车，独自在甬道上津津有味地玩着，她跟前没有一个看护的大人。

虽说这个小区里特别安全，可那毕竟是一个太幼小的孩子啊，有一点闪失该怎么办？在一家大公司当总经理的他，心里正奇怪幼儿家长的粗心大意。猛抬头，二楼阳台上一位年轻的母亲，正一脸慈爱地望着自己的宝宝尽情地玩耍。

哦，原来那位母亲呵护的目光从来就没有离开过自己的孩子啊。

当他把这一幕讲给妻子听时，妻子感慨道："其实，天下做母亲的都是一样的，都在关注着自己孩子的一举一动，而很多的孩子并不知晓。你每天上班出去，母亲都会趴在阳台上看着你走远，估计你快要下班了，母亲就会到阳台上张望。"

"是么？我还真不知道呢。"整天忙忙碌碌的他，来去总是脚步匆匆，自从把母亲从乡下接到城市里以后，他看到的总是母亲慈爱的笑容，听到的总是母亲幸福的感慨，但不知母亲的目光每天都在跟随着自己走出家门、走进家门，不知道母亲心里藏了多少的牵挂，从没有跟自己说起。

一天，公司突发了一件重大事故，司机小王火速驾车赶到他住的楼前，接他赶往事发现场。为了抓紧时间，车一停，小王便打开旁边的车门迎接他。可是，小王看到他神态自若地从楼里走出，跟往常一样慢慢悠悠地走过来，好像根本就不知道公司发生的重大事件。

走到车前，他小声地叮嘱了小王一句："别慌，一定要慢慢地开，要像往常一样。"

小王不禁心生纳闷：在公司里一向雷厉风行的他，遇到这么重大的事件，怎么还能这般镇静？

等小车刚一缓缓地驶出小区，他脸上立刻布满了焦急的神色，大声地催促小王："保证安全，能多快就多快，火速赶到现场。"

车子一路疾驰。他不停地打着手机，果断而急切地给公司各个部门布置着应急工作。

事后，小王满脸困惑地问他："那天，公司出了那么大的事故，您走出家门时，为什么还像往常一样闲庭信步，好像什么事情都没有发生似的，为什么车一出小区您整个人就都变了？”

他笑道:“因为母亲在看着我。”

“母亲在看着您？”小王仍不大明白。

“你不知道，母亲每天都趴在阳台上看着我上下班，我不想让母亲看到我紧张的神态和慌乱的脚步。那样，她会为我牵挂一整天的。我知道情况很紧急，可也没有理由让母亲跟着我担心啊。”他没有跟小王讲，母亲这一辈子为了他吃了很多的苦，为他操了很多心，一直看着他的成长。他的每一个细微的变化，都逃不出母亲关注的目光。

那天，当朋友在酒桌上讲完上面的这些琐事后，一位大学教授激动地说出了在座所有人共同的心声：“没错，我们的母亲都在看着我们，单单是为了母亲关心的目光，我们都应该做得更优秀一些。”

是啊，永远不要忘了，在我们的背后，母亲爱意充盈的目光，一直在追随着我们，一直在关切地看着我们向前延伸的人生之路……

奇迹的名字叫父爱

那是青葱的少年时代，极其偶然的一天，他从广播里听到了美妙的钢琴曲。就在那惊雷般的一瞬，他心中涌起了一个强烈的愿望——拥有一架钢琴，弹奏出震撼心灵的乐曲。

然而，直到20世纪60年代两个女儿出生后，家境始终清贫的他仍没有机会弹钢琴，拥有自己的一架钢琴，那更是近乎天方夜谭的奢望了。但梦想的种子已经播下了，开花与结果的景象，已经无数次地在他脑海浮现过。每一次，都像那首雄壮、激越的《命运交响曲》，重重地撞击着他不甘放弃的心灵。

他要让女儿从小就能在那黑白键上弹出清泉般的旋律。那年他二十五岁，上有老下有小，他每月的工资只有六十元，而当时最便宜的一架钢琴也要一千二百元。于是，一个令人不可思议的想法，紧紧地攫住了心——没技术、没设备的他，决定要用手工为女儿做一架钢琴。

一架钢琴仅仅击弦机上便有八千多个零件，需要一百多道繁杂的工序，从没有见过钢琴制作图纸的他，经常去文化馆、歌舞团，想方设法地偷偷描画钢琴的结构图。

接下来的困难更是令人难以想象，没有钱是一个大问题，物质高度匮乏的年代，购买很多今天看来极为日常的东西，都得凭票，而像钢材、铜丝这类的紧缺物质就更难搞到了。

他没有被难倒，困境逼迫他想出了种种“补救”的办法：用废旧自行车轮里的钢丝、日光灯镇流器里的铜丝做琴弦，用家里的门条做琴架，用鞋带做连接击弦机的带子……为了早早地做出第一架钢琴，他起早贪黑地忙碌，用了一年多的时间，他硬是做出了一架有六十个键的缩小版的简易钢琴。

当好听的音乐从木头键盘上流淌出来时，他和女儿都甜甜地笑了，尽管他的手掌上满是带血的伤痕。

这时，他没有满足于周围人们的敬佩，又开始琢磨靠纯手工做一架有八十八个键的标准钢琴。诸多无法想象的难题一个个地摆在他面前，依然缺少资金、缺少原材料，更为繁杂的工序和需要精细的零件加工，和时不我待的紧迫感，都在考验着他……累得眼花了，双手一次次受伤，最厉害时连骨头都露出来了。可他从未想到过放弃，他的心头一直回响着美丽的钢琴曲。

整整八年过去了，他的梦想最终如愿成真。带着厚厚茧花的十指抚过那排蕴藏动人旋律的琴键，他自豪地笑了，一如曾经翩翩的少年。

受他的感染，他的三个女儿钢琴演奏水平都很高。如今，大女儿在澳门从事钢琴教育工作，二女儿正留学日本，主修音乐。

他的名字叫王开罗。2008 年 6 月，六十五岁的他将凝聚了自己无数心血的亲手制作的钢琴，捐赠给了深圳市博物馆。当人们打开琴盖，看到那庞杂、纷繁的结构时，无不由衷地赞叹他非同凡响的手工传奇。

一位音乐家抚摸着这架特别的钢琴，深情地说了一句——这是一位伟大的父亲创造的奇迹，这架钢琴凝聚着远比音乐还要神奇而伟大的力量。

没错，那是一位父亲让梦想开在手掌上的奇迹，它朴素而美丽的名字，叫父爱。

牵着女儿的手

无论你长多大，你都是父亲的好女儿，都是我掌心里的宝。牵着你的手，就有温暖在不知不觉传送，就有力量在潜滋暗长，多么大的风都吹不开我们，多么大的雨都淋不散我们。

还记得你刚开始蹒跚学步时，你总是喜欢把胖乎乎的小手伸给我，似乎只有被我的一只大手握住了，你才可以放心大胆地迈步，似乎只有那样有力的牵引，你才可以无所畏惧地前行。

还记得，牵着你稚嫩的小手，我们忘情地奔跑在我远方故乡的大草甸子里，你清脆如铜铃般的笑声，在悠悠的白云下轻快地飘散着，草地里那些欢悦地鸣唱的小鸟，那些恣意开放的各种小花，也都在羡慕你一览无余的快乐。你如藕的白嫩的胳膊，你细软的手掌，兴奋地向前探出，一只只漂亮的蝴蝶翩飞着，带你走进童话的世界。

你上小学了，面对街市上熙熙攘攘的车流人流，我总是习惯性地抓起你的小手，等绿灯亮起时，领着你快步走过斑马线。其实，我知道，一向小心谨慎的你，特别遵守交通规则，懂得怎样安全地过马路。可是，直到你已上中学了，我还是坚持接送你，每次过马路，我还是那样习惯地牵着你的手。你安然地与我并肩在人流中穿行，我竟有一种无比幸福而伟大的感觉。

美好的时光过得总是飞快。如今，你已出落成一个亭亭玉立的大姑娘了，就要去一个很遥远的省份读大学了。在帮你打点行囊时，我才恍然发觉——你真的长大了，我牵着你的手走路的时候已经越来越少了。如果说你的长大就意味着我的放手，我多么的希望你现在仍是依恋我手臂的那个小姑娘啊！

那天，你提出要陪我去书店。我竟有些受宠若惊了，因为最近的这两三年里，我工作特别忙，你也进入了更崇尚自由的花季，你更多的时间是与同学们一起聚会、逛街、看电影、吃快餐……你已无须我的手来牵绊了。我似乎也在不知不觉间放开了手，任你自由地奔走在青春飞扬的日子里。尽管你在我的眼睛里，依然是一个孩子，一个仍需要关注与呵护的孩子。

走到街口，你一下子挽起了我胳膊，有点儿撒娇地将头靠到我的肩头，旁若无人地和我并肩同行。你的那个亲昵的动作，猛地将我拉向记忆中的从前。那时，我的手是你依赖的船桨，握住了，你便可以抵达所有的彼岸；我的胸膛是你信任的大山，靠过来，你便可以恬然入眠。

而现在，我被你那样有力地挎着胳膊，真切地感受到了一种被年轻带动的力量。没错，你真的已经长大了，而我正一步步地走向苍老。你正拥抱最美的青春时光，而我已开始打开沧桑的画面，而这都是岁月不能更改的法则。

被你温暖地牵着走过长街，我自豪地接受来来往往的行人们的羡慕和赞叹。是啊，有一个这样贴心贴肝的女儿依偎在身旁，还有什么样的烦恼、苦闷和焦躁不被驱散呢？幸福的真谛，不就是这样与最亲近的人无拘无束地说说笑笑吗？

不就是把每一个寻常的日子，都让亲情温润，让爱情滋养，让友情丰富吗？

阳光柔柔地烘烤着前胸后背，我不禁想起了第一次送你去幼儿园的情形：那天，本来我们一路上都说好了，你会听阿姨的话，跟小朋友们一起好好玩。可是，刚一进大门，你就牢牢地攥紧我的手，再也不肯松开，非要拉着我跟你一起留下。我和阿姨费了好半天的口舌，才哄得你撒开了手，可是，一见我转过身，你还是哇哇地大哭起来，仿佛受了莫大的委屈似的。晚上来接你时，你赌气地不让我牵你的手。但出了幼儿园没多远，你的小手便不由自主地伸到我的手里，高兴地向我报告幼儿园里发生的各种有趣的事儿。

走进那家大书店，你径直带着我走到摆放学术书籍的三楼。你知道，惜时的我每次去书店，都习惯把主要时间投放在那里。而你以往每次去，都愿意在一楼的青春读物和四楼的各种学习资料书架前留连。你说你要上大学了，选的是和我当年一样的汉语言文学专业，你说自己读书该上层次、讲品位了，你让我给你推荐一些中文系学生应重点阅读的学术书籍。

难得你有这样的兴致，像一个好学的小学生，对我的指导洗耳恭听，我就不无得意地为你指点迷津了。

买了几本书，你装了一个方便袋，用一只手拎着，另一只手仍牵着我的手，仿佛怕我走失似的。我们就那样悠悠地迈着碎步，走向公交车站。

车来了，我先上去了。只有一个空座了，你把我按到座位上，站在我身旁，絮絮地向我讲述你的大学生活计划。空气中弥漫着你美丽的憧憬和十足的自信，我一下子就想到了自己那已逝去了二十六年的大学时光，想起了当年我怯怯地牵着父亲的衣角走进大学校园的情景。

哦，我是牵着父亲的手走到今天的。如今，我又牵着你的手，即将把你送进大学校园了。在奔流的时光长河中，那一次次的牵手，有多少关心，有多少期待，又有多少温馨和美好啊……

我清楚，此后很长的一段日子里，将是你牵着我的手，徐徐地走在生命的旅途上，尽情地欣赏一路的好景色。依然有期待，有关切，就在我们的十指轻扣时，我能够清晰地听到时光行走的声音，能够听到我和你一样简单而真诚的心声——感谢今生有缘，让我牵着你的手，走过漫漫的人生，无怨无悔。

汇款单里的爱

每个月末，我的同事小刘都去附近邮局，给家住长沙的母亲寄钱，而每次汇钱的数目几乎都是固定的二百元，只有年终那个月多出二百元。

那天，与小刘正在书店逛得兴致勃勃，他忽然像发生了什么重大事情似的，一拍脑门："哦，差一点儿忘了，今天要给母亲寄钱的。"

"明天再寄吧，早一天晚一天还不都一样吗？"我很不理解他为什么非要在月末寄钱。

"不行的，母亲会牵挂的。"小刘一脸的认真。

“你母亲似乎也不指望花你的钱啊。”我知道他母亲的退休工资就足够用了，他还有一个生意做得风生水起的姐姐住在长沙，也十分孝顺，母亲根本就不缺钱。

“是的，我寄给母亲的钱，她几乎一分都不花，每次取出来后，她就放到另一个存折上了，她说要帮我攒着将来买房子用。”小刘告诉我。

“那你还让母亲折腾什么呢？你干脆自己存着，或者直接把钱打到她的存折上那该多么省事啊？”我有些困惑了。

“你不知道，我邮寄的不是钱，而是幸福。”小刘微笑着。

“邮寄的是幸福？”我更加纳闷了。

“是啊，母亲曾告诉过我，她经常到邮局取钱，许多人都认识她了，她每次取钱的时候，他们都会夸奖她养了一个孝顺的儿子，常常给她老人家寄钱。这时，母亲就会高兴地向他们讲述另一个成功而孝顺的女儿的故事，幸福地接受众人纷纷的羡慕和赞叹。你说，我那是简单地邮寄二百元钱吗？”小刘眉宇间流露着自豪，仿佛做了一件非常了不起的大事。

“哦，原来是这样！”我的眼前不禁浮现出这样的情景：一位安享晚年的母亲，总会在临近月末的那几天，期待的目光一次次翻动日历，带着一份孩童般的认真，热情地迎接那如期翩然而至的绿色汇款单，掩饰不住的欣喜溢满了双眼，在无数个平常的日子里，在等待、取钱、存钱、讲述、回味的每一个时刻，她的心底一定涌动着绵绵的幸福暖流。

没错，就在那一张张穿越万水千山的汇款单里面，正藏着一份慧心的爱，藏着许多无言的深情厚意，那样真实得触手可及。我相信小刘每一次走进邮局的前前后后，心里也一定有着如沐春风的欢欣。

生活就这样不动声色地告诉我们：转个弯儿，就会发现有些爱的美妙；懂得体味，就可以握住阳光一样无所不在的幸福。

因为她是母亲

他在三个月大的时候，便被母亲扔到了一个无名小镇的候车室里。

是一位年过五旬的清洁工收养了他，家境本来就十分清寒的养母，为了把自小便体弱多病的他拉扯成人，真是吃尽了苦头。有好几次，他差一点点就被病魔夺走了生命，但他最终还是活了下来，并考上了省城的一所大学。后来，他在商海中几经沉浮，终于打出一片灿烂的天地。而曾给予他百般疼爱的养母，却在刚刚看到他成功之时，突发脑出血猝然离去。

独自的时候，他常常对着养母的遗像，久久地沉默无语，内心汹涌的是无法挥去的巨大伤痛。

养母去世三年后，他开始四处寻找生母。历尽了许多周折，他终于见到了无数次在想象里描摹的生母。而此时，干瘦、苍老的生母，已精神失常多年了，已经无法认出他这个突然出现在面前的儿子了，只是对着他傻傻地笑，笑得他心痛。她的另一双儿女，也就是他的哥哥姐姐，作为那个偏远小县城郊区普通而穷苦的平民百姓，这些年来的日子一直过得十分艰难，根本没有能力为母亲看病，甚至连母亲简单的生活都照顾不好。

是他的诚恳和坚持，终于说服了哥哥和姐姐等人，让他将母亲接到了省城，并专门为她请了一位全职保姆。他还停下手头的工作，带着母亲辗转了省内外的多家医院，虽然母亲的病情依然未见好转，母亲也还不知道身边这个对她如此孝敬的男人就是她的亲生儿子，可他仍不愿意放弃继续医治的努力，只要有一线的希望。他常常在互联网上搜寻国内外的类似病例，搜集各种治疗精神疾病的偏方和秘方。渐渐地，谈起精神疾病患者的治疗和护理问题，他竟然说得头头是道，俨然已是这方面的专家。

初秋的一个周末，他牵着母亲的手从江滨广场上走过，一个小女孩手里放飞的漂亮风筝吸引了母亲的目光，她急急地奔过去，吵嚷着要小女孩的风筝。他环顾四周，偏偏这里没有一个卖风筝的。他红着脸，走到小女孩身边，恳请小女孩把风筝借给他母亲放一会儿。玩得正在兴头上的小女孩，看到正朝自己伸手的老太太那直勾勾的眼神，本能地边向后退着边拒绝道："叔叔，我好不容易才把风筝放这么高，等我再玩一会儿，才能借给你玩。"

可是，母亲这时却任性得像一个不懂事的孩子，偏偏非要小女孩的风筝，恨不得立刻就拿到手里。他只得满脸堆笑地再次蹲下身来，对着小女孩的耳朵轻声请求道："小朋友，今天是我妈妈的生日，我想让她高兴一回，请你帮我一个忙，好么？"从来不撒谎的他，竟然对一个七八岁的小女孩谎称母亲今天过生日，他能明显地感觉到自己脸上的羞愧。

这时，小女孩的母亲从不远处走过来，他又把同样的请求向其重复了一遍。小女孩乖乖地听了母亲的话，将风筝线盘交到了他母亲手里，老人便孩子般欢喜地仰望着头顶的风筝，嘴里念叨着别人听不清的话语。

他与那位小女孩的母亲边看着老人放风筝边闲聊起来，当得知他就是本市赫赫有名的企业家时，那位年轻母亲很惊讶地问他：“记得曾读过一篇报道，说您自幼便被生母遗弃，是养母含辛茹苦将您养育成人的，这位就是您的养母吗？”

“不，她是我的亲生母亲。”他的口气里满是自豪。

“你的生母只是给了你生命，几乎没有给你什么帮助，你能够尽一点孝心就行了，为什么还要这样对她百依百顺呢？何况她现在连您这个儿子都认不出来呢？”年轻的母亲眼里涌起一抹困惑。

“因为她是母亲，养母曾经告诉过我，即使母亲抛弃了我，那也肯定有她的理由。”他的眼里盈满了晴空般的真诚，“而作为儿子，我必须给母亲最多的爱。”

“因为她是母亲。”年轻的母亲把这句话又默默地重复了两遍，心底陡然涌过一股莫名的暖流，一如秋日的阳光温暖地拂过。蓦然，她将小女孩紧紧搂在怀里，满怀的敬慕投向身旁这位跟着母亲亦喜亦忧的著名企业家。

是的，因为她是母亲，无论她曾付出了多少，无论她有过怎样的对和错，她都理应得到儿女们最慷慨的爱的回赠。

段奇清

男，湖北仙桃人，湖北省作家协会会员。笔名清翔、清心可也、大可、梅若雪等。《读者》《意林》《特别关注》《青年文摘》《格言》《经典》签约作家，知名美文作家。已在省级以上刊物发表作品千余万字，作品多次获奖，有文章被选为中考、高考语文阅读试题。已出版散文集《积聚你心中的正能量》等。以敏锐的思维触角和直透人心的文字，为美丽和不太美丽的灵魂提供栖息修养之所。

把孩子当北狐来养

2011年11月13日晚，上海国际会议中心宴会厅里，有美国前总统比尔·克林顿，爱尔兰前总理伯蒂·埃亨，澳大利亚前总理约翰·霍华德等政要和名人在贵宾席上就座。

他们是来参加太平洋建设集团创始人严介和之子严昊的婚礼的。婚礼现场，严介和当众宣布：股东大会已决定任命严昊为太平洋建设集团董事局主席。嘉宾们不禁疑惑，这个二十五岁的年轻人能当好一家财富排名全国第二的大型上市公司的掌门人吗？人称“中国第一狂人”的严介和笑着说:“我教育出的儿子，能力是年龄的二十倍！”

大家相信他的选择不会错，可他究竟是如何教育儿子的呢？

有一次，电视上播放《北狐的育子方式》：天空中有大雕飞来，影子投映到地面。只见狐爸爸狐妈妈咬住幼狐就跑，幼狐“吱吱”大叫着，到了巢穴中，依然叫个不停。原来，狐爸爸狐妈妈用力太大，将孩子咬疼了。

北狐这是故意的，它们就是要用这种激烈的手段养育后代。虽然幼狐会吓着，会感到剧烈疼痛，但北狐就是要把这种异于寻常的行为与外敌来袭连接起来，让孩子们用身体的痛楚记住这种经历，进而知道要尽快躲避该躲避的东西。

严介和看了说:“跟我们家一样！”儿子严昊会心地笑了。

时间回到二十多年前。“别动，烫！”严介和刚进家门，就听见妻子张云芹在大声呵斥儿子。见丈夫回来，张云芹如同遇到救星，说：“你看着儿子，我去洗菜。”严介和顿时明白了怎么回事。

俗话说，两岁半，翻坛打罐。不到三岁的严昊对什么都好奇，都想尝试。为此，张云芹大为头疼，一时一刻也不敢离开儿子，总要防着护着，生怕儿子有什么闪失。这不，张云芹一边择菜，一边用电水壶烧开水，小严昊看着“吱吱”作响的水壶，总想用手去摸。

张云芹在厨房正洗着菜，“哇——”突然传来一阵撕心裂肺般的哭声。她慌慌张张跑出来，看见儿子扒在严介和的肩上，右手食指伸着，手指肚已有些发红了。

原来，严介和发现水壶还不到烫伤人的温度，他在儿子面前触摸了水壶，并说：“烫死啦！”小严昊觉得爸爸的举动“挺好玩”的，他也要摸，当小手一接触水壶，立刻大哭起来。

从那以后，张云芹省心了不少，她再烧水时，就算她什么也不说，小严昊自己也很注意。最有趣的是，每当有客人来访，儿子会指着水壶说：“好烫，烫死了，不要摸！”

严介和就是热衷于这样的教育。一个周末，雨过天晴。他们一家人出去散步。小严昊兴奋地冲在最前面，看到积水不仅不避开，还伸出了一只脚要去踩，严介和装作没看见。儿子一脚踩下去，积水很深，水灌进了鞋内，小严昊“妈呀”一声又哭了。这时，严介和才抱起儿子，安抚一番后，告诉他：这个地方为什么不能踩，下次遇见该怎么办。

严介和说，孩子犯过错，上过当，吃过苦头，才能真正明白什么该做，什么不能做。教训深刻，也就有了比同龄人更高的智商。这种智商从“惨痛教训”中来，也是从爱好中来。

高考结束，严昊如愿考上南京大学商学院。他一边念书，一边到父亲的公司实习。大学毕业后，他主动要求去了一家公司担任董事长。一年后，业绩让人眼前一亮，他开拓出了安徽淮南淮北市场，公司效益大增。接着，严介和把儿子派到苏州的“苏辰国际”。严昊仅担任董事长一年，公司由多年亏损变为盈利近一亿元，第二年，盈利更是高达十亿元。

严介和知道是交棒的时候了，也就有了 2011 年 11 月 13 日那样的宣布，给了儿子一份既荣耀也是沉甸甸的新婚大礼。

严昊接手董事局主席以来，在他的领导下，建设集团一切有序地向前推进，人们看到了严昊的领导艺术和才能。

把孩子当北狐来养，从最基本生存技能传授起，不怕孩子有“惨痛”的经历，让其练就胆量与智慧，也就使得孩子有异于常人。

让孩子不做“第八个白雪公主”

屈颖妍就是不做“怪兽家长”。

一天，屈颖妍的大女儿对她说，学校要同学们扮演白雪公主和七个小矮人，没有谁愿意做小矮人。校方于是改剧本，变成了七个白雪公主和一个小矮人。校方想的是，这么多学生，难道一个愿意饰演小矮人的也没有？

校方的想法再度落空，他们又一次改剧本，八个全是白雪公主。女儿就是这第八个白雪公主。当女儿一脸骄傲地将这一“好消息”告诉妈妈时，屈颖妍说：“你就去演小矮人！”女儿知道妈妈又在“玩叛逆”，也就不再说什么了。

屈颖妍就是香港家长中的叛逆者。

大女儿上小学时，屈颖妍辞掉了香港《壹周刊》副总编的职务，当起了全职妈妈。很快她就发现香港的教育就是在“吃”孩子。不过，鲁迅所说的“吃”是封建礼教，香港的“吃”，却多是家长不让自己的孩子“输在起跑线上”。

她不能做一个“吃”孩子的女人，要孩子放慢学习节奏，因为交际与动手能力也很重要，甚或比学习成绩更重要。可女儿就像一个上满了发条的钟，每天只知匆匆往前走，分分秒秒都用在学习上。然而，有一天，女儿却对她说：“妈妈，你是世界上最好的妈妈！”她问，“为什么？”孩子说，“因为同学听写没得一百分，回家后妈妈都要打要骂的，但你没有。”她这才知道女儿从内心认可了她的教育理念与方法。

那是不久前一个假日，女儿在家中做作业。当妈妈到超市购物回来时，发现家里的一只花瓶有变化。她知道孩子一定是想放松一下，玩了一会儿球，却不意将花瓶打破了。

这时，她拿出了女儿最爱吃的巧克力，对孩子说：“这块巧克力奖给你，因为你有杰出的修复能力，裂缝黏合得几乎完美无缺。不过，你所用的胶水是修复纸质物品的，修复花瓶不仅需要黏合力更强的胶水，而且需要更高的专业技术。明天，我们把花瓶拿到艺术家那里，看看他们是怎样使一件工艺品完好如初的。”

接着妈妈又在手里放了一块巧克力，说，“这也是你应得的奖励。你虽然玩了一会儿，可作业比以往做得更好，说明你劳逸结合做得好。”

妈妈又拿起了一块，说，“最后一块巧克力，代表我对你深深的歉意。作为母亲，我不该把花瓶放在容易被打着的地方，致使你犯错误。”

打破了花瓶，女儿原以为妈妈会呵斥她一顿，没想到妈妈竟奖励了自己。女儿明白了妈妈如此做，就是为了不让自己做“吃”人的女子。于是，读懂了妈妈心的女儿也就有了听写没得一百分的情况。

要做一个家长中的叛逆者，可现实的问题也会横冲直撞过来：大女儿小升中的时候，没什么证书和奖状，别的学生却有很多。什么朗诵比赛、绘画比赛、阅读比赛，甚或各种“自理能力班”的，穿衣服、扣纽扣、绑鞋带、洗碗等，也都有奖状和证书。

女儿当时很着急：“惨了，我没有什么证书！”妈妈鼓励女儿说：“你的优势就是没有什么证书，没有‘扣纽扣、系鞋带’等证书，说明你的自理能力强。”

妈妈还和女儿一道做了一个很小的简历，放进在家里做家务活和在学校里花园中劳动等的照片。妈妈在简历的最上面还写了一段话：“我的女儿现在学习成绩不是前几名，但不等于到终点时，她不会跑第一。教育不应该放弃任何人，也不应该杜绝其他的尝试。即使我女儿真的跑到最后，我们也应该为她鼓掌。”

为了让她的教育理念为更多人所知，让家长们警醒，屈颖妍花了半年时间，写了《怪兽家长》一书。由于这本书揭示了香港家长一种非常矛盾的心理：在教育这场“人肉宴”

上，人人都想避席，却人人都被裹挟着不得不出席。人肉没人想吃，但人人都要吃，一口一口，由苦舌涩脸吃到成为习惯。由此，该书只数月就在香港再版了六次。有家长读了这本书给屈颖妍写信："《怪兽家长》像一剂镇静药，让一些癫癫狂狂的'疯婆子'，开始安静下来。"

接着，屈颖妍又出版了《怪兽家长2》，该书还有一个副标题：孩子复仇记。

她说，其实这两本书是她与三个女儿的共同心血和劳动成果，不说母女四人常常在一起讨论，许多文字就是从女儿们的日记与作文中直接"拿来"的，有些段落甚至是孩子们帮忙写的。

如今，屈颖妍的三个女儿写作水平都不错，学习成绩尽管不是第一，也堪称优秀；她们待人热情，懂礼貌；在家中还都能露一手，烧出几个拿手菜。孩子们个个开心，身心健康。

让孩子不做"第八个白雪公主"，这才是"救救孩子"，孩子才能真正成为对社会有用的栋梁之材。

让生命穿越着爱

2010年9月，她被美国纽约东西方艺术协会吸纳为会员，并约定在适当的时候，邀请她去美国开办画展。当代著名的美术评论家黄丹麾这样评价说："她的油画思想上穿越着深厚的爱和情感，具有鲜明的独特风格，她完全可以称得上中国的‘女梵高’。”

然而，这个被誉为中国“女梵高”的人却从很小开始就是一个聋哑人，在一个没有声音的世界里，正是因为一份深厚的爱和情感，成就了她的美丽人生。

是的，这份爱来自她的母亲。她的聋哑是在她刚出生不久，由于一次感冒发烧没能得到及时治疗造成的。可幼小的她就是要展示生命中不凡的一面。那还是在她四岁时，比她大几岁的表哥到她家里玩。表哥拿起一支笔、一张纸，比照着火柴盒画画。她觉得挺好玩的，也跟着画。让母亲惊异的是，表哥画的画是平面的，她画的却是立体的。

惊喜之余，正在为女儿上学的事发愁的母亲更愁了：女儿对绘画有着特殊的天分，可没有文化的支撑，这点天分很有可能要“泯于众人”。通过多次打听，不断向人请教，便有专家告诉母亲，聋哑孩子也是可以同正常的孩子一起学习的，那就是老师在上面讲，孩子通过观察老师嘴唇的变化来辨别老师在说什么。

在专家的指点下，母亲带着女儿来到沈阳医学院向一位名叫金吉霖的教授求助。经过一段时间的刻苦学习和训练，女儿总算掌握了这一学习方法。

女儿上小学了，成绩还不错。可母亲并不满意，母亲要的是女儿成绩优秀，这样才能考上初中、高中，才能念大学学美术。从那以后，人们总能看到教室中有一位妇女，一边认真地听讲，一边“沙沙沙”飞快地在本子上做着笔记。

是的，这位妇女就是她的妈妈，妈妈陪着女儿上学，是为了回到家后，辅导女儿。仅在开始的半个月中，母亲在四十多节课中就足足记下了五百多页的笔记。同时，还以日记的形式写下了两万多字感悟“唇语”的心得体会。

母亲就这样一天天坚持着。母亲的心血没有白费，几年后，女儿以优异的成绩考上了初中。在上初中时，她不仅不用母亲陪读回家后办“二次课堂”了，而且还学有余力。这时，母亲就会带着女儿到自己工作的文化馆里学习绘画。

女儿顺利地上了高中。可在高中的第一单元测试中，女儿的成绩明显下降。这是为什么呢？原来，比起初中来，高中的学习负担重了许多，而且女儿很不适应老师一边讲解、一边频频板书这样的一种授课方式，由于老师在背过身去板书时，女儿看不到老师的口形，因此，每节课总会有许多“听”不到的内容。

母亲发现这一新的情况后，决定向单位请假再一次到女儿的课堂上陪读。母亲这可是一种重大的牺牲啊！因为母亲是一个非常勤奋且有知名度的作家。在女儿念初中时，她夜以继日地创作，出版了长篇小说《天泽》，而且发行量超过百万。为了帮助女儿，也是实现自己有关女儿的一个梦，母亲认为再大的牺牲也值得。

1991 年春，老宅院玫瑰花怒放的时候，他们家传来了好消息，女儿参加中央美术学院的专业课考试以优异成绩通过了。然而，在参加全国统考的高考后，因为英语成绩不合格她最终未被录取。

母亲相信女儿一定能考上理想的大学，女儿对自己也充满自信。母亲依然到女儿的班上听课，依然为女儿办“二次课堂”。由于太过操心，一段时日下来，母亲的体重竟然从一百二十多斤降到八十多斤，可是母亲一点也不放松。

母女俩在不断学习，尽管专业课的成绩一年高过一年，可文化课的题目一年比一年难，那难缠的英语似乎成心不让她过关。母亲只好骑着一辆破自行车，拿着女儿的画册一次又一次去找中央美术学院的领导和教授。在母亲的努力下，学院的领导与教授们一个个被女儿的油画震撼了，女儿终于被中央美术学院壁画系油画大专班破格录取。

这位伟大的母亲就是内蒙古赤峰的王兰，女儿的名字叫做许英来。

进了大学，母亲王兰的“二次课堂”依然照旧。在那样一种氛围下，女儿的进步非常快。在许英来临近毕业时，她那挂在中日友好医院所属餐馆的几幅油画，无意中被两位法国画家看到，赢得了这两位法国画家的由衷赞赏。在他们的推荐下，《中国日报》竟然拿出整整一个版面介绍了许英来的油画。两年后，她的一幅以母亲为原型的名为《走近母亲》的油画，分别在“走向新世纪——中国青年油画展”“中国国际艺术博览会”等大型画展上多次展出。

一年又一年，许英来已创作出《苦思》《少女》《窗》《人间一幕》《纯净如水》《四月》《阴影》《泪水不能摆脱坎坷》等百余幅油画作品。因为有了母亲用那最深沉的爱来守望，许英来凭着自己的才华和毅力，描画出了自己心中虽说无声却无比灿烂的世界。

最令人欣喜的是 2009 年 8 月的一天。

二十多年了，王兰依然坚持着为女儿按摩以及针灸。这天，许英来画画有些累了，妈妈口中喃喃说着什么，一边为女儿按摩着，一边将针慢慢扎了下去，忽然，女儿兴奋地“叫”了起来：“妈妈，妈妈，我能听到您的声音了！”如今，许英来的说和听已经全部恢复正常。

让生命穿越着爱，也就能够穿越生命中的沉寂与悲伤，从而让生命走向幸福与辉煌。许英来的故事再次告诉人们，唯有爱，才是人生与生命的一切奇迹之源……

有的谎言原来植根爱的土壤

人们说，谎言如谎花，是冷飕飕的不会有结果的。可小周天宇的故事，会让我们知道有些“谎言”其实是从心灵中开出的爱的温暖花朵。

2012 年冬日的一天，八岁的周天宇对记者说：“我喜欢吃蔬菜，不爱吃肉。”他的话音刚落，母亲张魏哈哈一笑，揭穿了儿子的“谎言”：“每个月买两个卤鸡腿给他解馋，他三口两口就吃完了。”

妈妈的话让小天宇挺难为情的，他想，自己这样说，也是跟妈妈学的呀！几年来，妈妈就有不吃午饭的“习惯”，“整天在屋里待着，不饿。”妈妈总会这样对他说。可有一天，他见妈妈偷偷将要丢弃的胡萝卜缨子煮着吃了。后来，妈妈还真的给“锻炼”出来了，每天中午只喝水，一点东西也不吃。后来他明白妈妈不吃午饭，只是为了省钱。

2003 年，三十五岁曾因患小儿麻痹症腿有残疾的张魏嫁为人妇，一年多后生下可爱的周天宇，她想这一下后半生有依靠了。不曾想，她又患了脊髓炎，医生将她双腿膝盖以下截去，而丈夫将婚前所有诺言全都抛到九霄云外，只剩下一地谎花在寒风中瑟瑟颤抖。在天宇三岁时他离家而去，张魏成了半截人，尽管她也曾想了结生命只过这半截人生，可看到嗷嗷待哺的小天宇，她想无论如何也要将后半生支撑下去。

父母让她带着儿子回到娘家，当她和儿子在娘家生活了两年后，父母却不幸因病相继离世。一天，五岁的儿子说，妈妈，我想回到我们的家里去。为了不拖累兄嫂，当时正好有一位亲戚的房子空着，并答应让母子俩无偿居住，张魏也就带着儿子离开了兄嫂家。

搬出来容易，可要生活下去却太难太难，连买菜做饭都成了大问题。小天宇这时却说起了大人话："要妈妈搬出来，我就是要管妈妈吃饭，照料妈妈，请妈妈看我的！"

妈妈将信将疑地看着比灶台矮了一截的儿子，说："事情可不是光凭说说就成了的。"说着，用两个凳子支撑着自己，就要往厨房去。小天宇忙拦住说："妈妈，您就好好歇着。"

原来小天宇在姥爷姥姥家，每到做饭时间，他就去打下手，已将一般的做饭学了个八九不离十。这一天，他在厨房鼓捣了一个多小时后，端出了两个菜，还有一碗直冒热气的白米粥。儿子说："听您这两天一直在说胃有些难受，我想妈妈趁热吃了这白米粥，一定会好起来的。"

张魏想到许多五岁的孩子还在父母面前撒娇，走路时还要父母抱着背着，儿子这么懂事，竟然站在凳子上做出一顿饭来，两眼一热，泪水"叭嗒叭嗒"往下掉。这时小天宇慌了，着急地说："妈妈，是我做得不好吃吗？都怪我不好，下次一定做好。"

妈妈用手将泪水一擦，笑了："天宇做的是天底下最好吃的白米粥了。""那就趁热赶紧吃，将身体吃得胖胖的，不再去医院打针。"小天宇说。可不是，张魏的身体一直非常差，大小手术前后做了三十多次，前些时，她因膀胱结石做手术，小天宇硬是到医院陪着妈妈，为妈妈热饭、倒尿等。

张魏怎么能不拼命节省？除了自己经常住院得花钱外，

还要让正在长身体的儿子吃得相对好一点。可他们每月只有七百二十元的低保金，为了让儿子不为她担心，就谎称自己“整日待在家中并不饿”。自从小天宇看出妈妈的“破绽”后，一旦菜里有肉时，他就会说：“我喜欢吃蔬菜，不爱吃肉。”无奈他年龄太小，需求营养的身体让他露了馅。

如今，在媒体的关注下，母子俩的生活越来越有“盼头”，2013 年春节母子俩就美美吃了一顿韭菜肉馅的饺子。他们母子俩已成为吉林市红十字会爱心救助家园的帮扶对象，有人“一对一”帮助他们。正上着小学二年级的周天宇每年还可获得一千元的助学金，逢年过节也会有好心人给他们家送来肉、蛋等食品及其他节日礼物。2013 年春节前，有好心人还送来了一台 32 英寸的液晶电视机，并给接通了数字电视信号，母子俩过了一个有声有色的比往年要热闹得多的春节。

周天宇和母亲也要将这份爱心传递下去。2013 年春节前，他和妈妈一道用低保金买了毛线，织了三十多双毛袜子，送给有需要的贫困孩子。

有些花开出的虽说是“谎花”，可它的土壤却是爱与善，不仅能结出香甜的果，而且更具温度，更能温暖人的心。

不妨“迁就”孩子

在一所大学，有一位年龄只有八岁的男孩儿站在讲台上，神情飞扬，侃侃而谈，学生们一个个全神贯注，兴味盎然。

不要以为这个男孩儿是在随心所欲地闲侃他的童心和顽皮什么的，他可是印度北阿肯德邦台拉登互动艺术学院聘请的讲师，他正在教授学生制作电脑动画。

据说，他是迄今为止世界上年龄最小的讲师。他的名字叫拉赫曼。

拉赫曼似乎是专为“玩”电脑来到这个世界的。还在他牙牙学语之前，他一旦看到爸爸和哥哥上网，就会目不转睛地盯着看。在一岁多时，他就会一一模仿哥哥操作电脑的动作了。

有人认为这样会不利于小拉赫曼的成长，建议他的父亲或是将电脑处理掉，或是根本不让他接触电脑。父亲却不这样认为，在他看来，只要是学习知识，无论是哪方面的知识，还是采用怎样的学习方式，大凡孩子喜欢的就不要妄加阻拦。他不仅未听从好心人的忠告，而且还对小拉赫曼循循善诱，让孩子沿着他认为正确的轨道发展。

拉赫曼三岁半时，居然学会了一种电脑动画制作程序，顺利地制作出了字母跳舞的动画。

对拉赫曼的这一不凡表现做父亲的欣喜不已。尔后，他更是使尽解数，使得台拉登互动艺术学院破例地接受孩子到该校学习。拉赫曼白天到一所小学读书，晚上就在艺术学院学习互动艺术课程。就这样，2009年春，刚满八岁的小拉赫曼作为学院的一名讲师站到了讲台上。

印度执政党国大党总书记拉甘地对小拉赫曼青睐有加，赠送给了他一台笔记本电脑，由于孩子家庭困难，拉甘地还承诺为他支付十八岁前的学费。

可以说，小拉赫曼能有这样的成就，完全是由于他的爸爸对他的“迁就”。在中国的当今，也有着一个类似的“迁就”孩子的父亲。这位父亲就是易中天。

1978 年，只读过高中的易中天硬是凭着一股拼劲考上了武汉大学的研究生，1981 年他获得文学硕士学位并留校任教。于是他将妻子女儿接到学校。

女儿已到上幼儿园的年龄了，可她一到幼儿园就哭闹不休，一脸泪水地扑到易中天的怀中哭喊着要回家。易中天想了想，对女儿说：“回家就回家吧，这幼儿园我们可以不上。”女儿于是拿手一擦眼泪，笑了。

有人对他如此迁就女儿很不以为然：“你这样做，不怕耽误孩子吗？”“耽误什么？”他说，“我自己就没读过大学，还不照样教大学？”

在家中只要他一有空，就对孩子进行智力开发。后来女儿直接上小学，成绩一直很好，考上名牌大学，还连续五年获得一等奖学金。

对孩子的成功教育并无固定模式，“迁就”不乏是有效的一种。但“迁就”孩子，不是一味娇惯宠爱，放任自流，而是遵循孩子的个性让其无羁绊地发展。它是不迷信所谓的教育经验的一种开放性思维，是对常规的一种突破和挑战。

也许一个人的智慧之花，其不墨守成规、不按部就班恰好是它盛开的最好的环境和土壤。

姜钦峰

现居江西南昌，中国作家协会会员，《读者》《青年文摘》《意林》等期刊签约作家。在多家媒体开设专栏，已在国内外数百家报刊发表作品二百余万字。作品收入百余种丛书及中学生课外读本，十几篇文章被编入中学语文试卷，并有作品被拍成电视散文在央视《子午书简》播出。已出版散文集《像烟花那样绽放》《遇见美好》《每一个梦想都值得浇灌》《最美丽的谎言》等，另有合著若干。

冰雪燃情

天色阴沉暗黄，气温骤降，看样子快要下雪了。寂静的盘山公路上，一辆别克旅行车急驰而过，詹姆斯手握方向盘心急如焚，车上还有他的妻子凯蒂和七岁的女儿。两个小时前，他已经意识到自己迷路了，得赶快离开这渺无人烟的鬼地方，万一大雪封山，后果不堪设想！

感恩节假期，詹姆斯全家外出旅行，出发时还艳阳高照，温暖如春，没想到回来的路上却风云突变。为了赶路，他不小心错过了高速公路的出口，误入深山。

夜幕降临时，天上果然下起了雪。密集的雪粒斜斜地飞来，急促地敲打着汽车挡风玻璃，叮当作响，詹姆斯脸色凝重，不由得又加大了油门。走到半路，车子突然熄火，汽油耗尽了。詹姆斯并未慌乱，冷静地掏出手机，拨通了报警电话，这是唯一的求救办法。可他根本不知此刻身在何处，说不清具体方位，只好在电话里反复描述四周的地貌特征……话未说完，手机电池却已耗尽！

天寒地冻，詹姆斯一家被抛在荒山野岭，与世隔绝！他们只能躲在车内焦急等待，只要雪停了，就能搭上过路的汽车。然而翌日一早，雪下得更大了，地上已经覆盖了一层厚厚的积雪，漫山遍野银装素裹，白雪皑皑。毫无疑问，大雪封山，所有进山公路均已封闭，詹姆斯的心一下子沉到了谷底。

鹅毛大雪漫天飞舞，仿佛永无止境，车上的食物最多只能支持两天，饥饿和严寒随时可将他们推入绝境！女儿躲在妈妈怀里，吓得哇哇大哭，怯怯地问：“爸爸，我们还能走出去吗？”詹姆斯假装抬头看了看天，然后回过头，笑着说：“当然。明天一定会停雪，到时就有人来救我们了，爸爸看天气一向很准。”女儿稚气的小脸上顿时灿烂了，从小到大，爸爸从未欺骗过她。詹姆斯努力做出轻松的表情，心里却一点底都没有，只能暗暗祈求上天，快快停雪。

两天过去，大雪依然纷纷扬扬，似乎没完没了。一家三口躲在车内，紧紧拥抱着，互相靠体温取暖。比天气更冷的，是绝望的心，车上只剩下最后一块面包！窗外雪花片片飘落，生的希望，被一寸一寸覆盖。詹姆斯再也坐不住了，与其坐以待毙，不如主动出击，或许还有一线生机，一个大胆的想法迅速在脑海里浮现：他决定独自下车，徒步走出大山求救。

妻子凯蒂坚决反对，外面天寒地冻，没有食物，缺乏足够御寒的衣物，没有最起码的户外活动装备，还得时刻面临迷路的危险，出去几乎是九死一生。“别担心，难道你忘了，我曾经做过登山运动员吗？”詹姆斯显得无比自信，又抬腕看了看表，“现在是上午九点，万一走不出去，下午两点之前我一定回来。”的确没有更好的办法，凯蒂无可奈何，只好勉强同意。

准备就绪，詹姆斯亲吻了熟睡中的女儿，然后紧紧拥抱着妻子，“凯蒂，一定要挺住，等我回来！”其实，他根本不知道此去是否还能回来，但至少能给妻女增加一线获救的希望。一双网球鞋，一套运动衣，外加一件夹克衫，这是他全部的装备。大雪纷飞，寒风刺骨，踏着齐膝的积雪，詹姆斯独自在冰天雪地中艰难跋涉……

又是三天三夜，大雪终于疲倦了，风也停了，大山空旷，万籁俱寂。金色的阳光透过车窗，温柔地抚摸着凯蒂苍白的脸庞，她微微睁开眼睛，却被耀眼的光芒刺得头晕目眩，随即又人事不省。不知过了多久，她在朦胧中听到一阵嘈杂的人声……

当凯蒂再次睁开双眼，发现自己已躺在医院的病房里，窗明几净，和煦的阳光洒满房间，暖洋洋的，女儿睡在身旁，手上插着透明的输液管，红扑扑的小脸蛋，呼吸均匀，她感到无比惬意。被困五天后，母女俩成功获救！幸亏丈夫搬来了救兵，凯蒂心里刚刚掠过一丝劫后余生的庆幸，突然又意识到了什么，疯狂地大叫起来："詹姆斯，詹姆斯……"然而回应她的，只有闻声而来的护士。

原来，营救人员并未见到詹姆斯。他们在事发地点搜寻时，首先发现了被困的车子，于是救下了凯蒂母女，根本不曾料想，竟有人提前下了车。詹姆斯极有可能迷路了，时间就是生命，搜救工作立即全面展开。凯蒂坚信丈夫一定还活着，詹姆斯曾是登山运动员，有丰富的野外求生经验，营救人员信心倍增。

整整一天过去，搜救工作却毫无进展，詹姆斯依然下落不明，生死未卜。

直到次日傍晚，警察终于找到了詹姆斯。他静静地躺在雪地上，蜷缩成一团，早已停止了呼吸！詹姆斯衣着单薄，粒米未进，竟徒步走出了十公里。更令人无法想象的是，冰天雪地中，詹姆斯遇难时竟然全身赤裸！人们在不远处发现了他的内裤，已被撕成两半，另一半不知去向。

詹姆斯的右手紧紧攥着拳头，至死没有松开，警察用力掰开他僵硬的手指，一张纸条从指间滑落。上面有几行歪歪扭扭的字迹，依稀可辨："我们在山上迷路了，我的妻子和女儿被困在车上，请赶快救救她们！沿着路上留下的衣服碎片一直找，要快……凯蒂，还有我的孩子，我爱你们！"

海马爸爸

家里只有两个单身汉，他和儿子。每天早上，他先把儿子送到学校，再去公司上班。儿子总是站在校门口，冲他高高地挥起小手，"海马爸爸，再见！"不知从哪天起，儿子忽然不再叫他"爸爸"，给他起了个外号"海马爸爸"。这让他感到别扭，多次警告无效，渐渐也就习惯了。小家伙才九岁，却人小鬼大，也不知他葫芦里卖的什么药，恐怕没安什么好心。

或许是因为，儿子仍不能原谅，他跟妈妈离婚。两年前，前妻搬出去的那天，儿子站在门口，一言不发，眼眶里蓄满了晶莹的泪水。"砰"的一声，门关住了，儿子仰起小脑袋问他，爸爸，妈妈什么时候回来呀？他一把抱起儿子，四目相对，竟不知该如何解释，只能无声地摇头。也许有些事情，儿子还无法明白，但他终于知道，妈妈这一走，再也不会回来了。

从这天起，他开始给儿子当妈妈。他首先跟儿子约法三章：不准把钥匙挂在脖子上，否则别人一看就知道家里没有大人；不许单独过马路，如果旁边没有警察，就找爷爷、奶奶带你过马路；万一你在马路上走丢了，千万不能乱跑，要在原地等待，爸爸一定会回来找你的，记住没有？儿子懂事地点头，说记住了。

儿子挺聪明，前两条都做到了。星期天，他带儿子去公园，趁儿子不注意，他故意闪进一个角落里，偷偷地观察。没想到，儿子发现老爸不见了，在原地转了几圈，竟然自作主张，原路回家。他偷偷地跟在后面，回家把儿子狠狠地训斥了一顿，你不说记住了爸爸的话吗，怎么才过了几天就忘了？儿子低头不语，泪水在眼眶里直打转，满脸委屈。

儿子两天没理他，也许对爸爸怀恨在心，但儿子确实记住了，走丢了不能乱跑。两个月后，他和同事各自带着儿子爬山，走到半路，突然发现两个孩子不见了，同事急得要命，惊惶失措。他说，别怕，丢不了，咱们顺着原路回去找，肯定能找到。十几分钟后，果然发现两个孩子正在原地等候。儿子老远看见爸爸，扑上来吊在他的脖子上，满脸兴奋，海马爸爸，我知道你会来的。

给儿子当了两年妈妈，每天除了上班，洗衣、做饭、拖地、送儿子上学、检查作业等等，都成了他分内的工作。儿子越来越怕他，稚嫩的小脸上，时常写着与年龄不符的忧伤。他知道，自己不是个好爸爸，欠儿子太多。可是，他只能以加倍的严厉作为补偿，单亲家庭最容易出现问题少年。那天儿子放学没有准时回家，被他狠揍了一顿，儿子哇哇大哭，终于说出，“你是坏爸爸！”后来儿子给他起外号，不知是不是出于报复，书上说这种年龄的孩子多半会有逆反心理。

那天下午，他刚进家门，便一头倒在床上，有气无力，像一块拧干了的抹布。儿子放学回家，见他躺在床上，大吃一惊，慌忙扔掉书包，走到床前，海马爸爸，怎么了？他说，爸爸可能感冒了，有点发烧，休息一下就会好的。儿子像个大人，伸出手往爸爸脑门上一搭，转身却跑了。他心里顿时腾起一丝悲凉，臭小子，老爸都病成这样了，你怎么能扔下不管？他突然又发现自己像个孩子，不禁哑然失笑，儿子这么小，能懂什么？厨房里传来叮叮当当的响声，估计儿子是解决自己的晚饭去了。

儿子竟端出一盘西瓜，切成小薄片，整整齐齐地码在盘子里，像等待检阅的士兵。儿子把盘子轻轻地放在床头柜上，“海马爸爸，吃西瓜。”他的眼泪差点淌下来，“好儿子，你自己吃吧，爸爸没胃口，吃不下。”“不行，一定得吃！”分明是命令，儿子不管三七二十一，用牙签叉起一片西瓜，硬往他嘴里塞。直到一盘西瓜全塞进他的肚子里，儿子像完成了一项重要任务，小脸蛋上终于绽放出笑容，颇有几分得意之色。心情大好，病已去了大半。第二天，他又成了生龙活虎的“海马爸爸”。

终于忍不住好奇，他故意板起脸问儿子：老实交代，为什么给爸爸起外号，“海马爸爸”到底是什么意思？儿子却躲躲闪闪，不肯回答，显然这是他的秘密。儿子越是不肯说，越发激起了他的好奇心，上网搜索，输入“海马爸爸”四个字，答案立现：

“海马是一种海水鱼类。在海马家族里，抚育后代的任务并不是由海马妈妈完成，而是由海马爸爸代劳。海马爸爸腹部有个育儿袋，就像袋鼠妈妈的育儿袋一样，海马妈妈会把卵产在海马爸爸的育儿袋里，经过四到六周的辛苦怀胎之后，海马爸爸才能把宝宝孵出来。小海马和爸爸寸步不离，一旦遇到危险，又会钻回爸爸的育儿袋。直到小海马有足够的能力保护自己，才会离开爸爸的育儿袋。海马爸爸是世界上最伟大的父亲！”

他呆呆地盯着显示器，视线渐渐模糊，一滴泪，终于落在键盘上。

花落无声爱无语

儿子长到十六岁，从未叫过他一声“爸爸”，这成了他的心病。

十六年前，他坐火车去另一个城市看女儿。火车快到站时，他收拾行李准备下车，突然发现座位底下有个纸箱子，里面还有动静，发出“扑扑”的响声。多半是小猫小狗之类的，火车上不准带动物，抓住了要罚款。他担心被牵连，马上对车厢里喊：“谁带的动物，咋搁我这儿？”喊了好几遍，没人回应。打开箱子一看，妈呀，竟是个小孩！

他当即傻眼。车厢里的人都围拢过来看，惊动了列车员。他把小孩抱起来，是个男孩，居然冲他笑了。纸箱里放着奶粉、奶瓶，还有一张写着孩子出生年月的纸条，显然被父母遗弃了。火车到站，他想下车，却被列车员拦住，弃婴是您最先发现的，现在问题还没解决，您先别走。他心急如焚，女儿正生病住院，没想到摊上这事。列车长也来了，您干脆好人做到底，把这孩子带回去，交给你们当地民政部门，我给您出张证明，而且来回的车票都给您免了。他是老实人，心一软，就答应了。

他没出站，带着小男孩直接搭上了回程的火车。回到家，他说，爹、娘，我捡个小孩回来了。老父亲气得破口大骂，真糊涂啊，让你去看闺女，怎么把别人的小孩抱回了家？事情到了这个地步，埋怨也没用了，他把小孩交给妻子暂时喂养，又登上了火车。打算先去看女儿，回来后，再把小孩送到民政局。

没想到，孩子竟成了烫手的山芋，送了几个地方都没人要。送不出去，孩子就这么砸自己手里了。他已经有三个女儿，家里负担本来就很重，再也无力抚养一个小孩。心想，这么可爱的孩子，过些天再访个人家，总会有人愿意收养的。但是没多久，一个意外的发现，让他改了主意。

孩子对外界声音毫无反应，敲锣也听不见。送到医院检查，医生说，这孩子长大后会是个聋哑人。如果孩子身体健全，好好的不聋不哑，肯定要送人。现在即使有人想收养，他也不敢送了，万一孩子在别人家受罪，自己的罪过就大了。决定不送了，火车上那么多人，孩子偏偏被自己捡到，缘分啊。从这天起，他多了个儿子。

儿子食量大得出奇，一包奶粉只够吃两天。日子本来就过得紧巴巴，为了养孩子，全家人不得不勒紧裤带。村里渐渐有了风言风语，这家人怕是想儿子想疯了，捡了个哑巴回来，还当成宝贝。他只当没听见，儿子是自己的，嘴巴长在别人身上，让他们说去吧。

儿子渐渐长大，聪明乖巧，一双清澈的大眼睛会说话。儿子转眼到了上学的年龄，城里的聋哑学校学费贵，一年要好几千，为了供儿子上学，他让最小的女儿停了学。听说聋哑人经过训练，可以学会简单的发音，他跟老师说，一定要教会我儿子叫“爸爸”。儿子特别亲他，每逢寒暑假，父子俩就互相学习，他学手语，儿子学发音。直到他学会了全部手语，儿子却只学会了对口形，依然叫不出“爸爸”。

为了儿子，他几乎倾家荡产，全家人的生活都被改变。这么多年来，他最大的愿望，就是希望听到儿子叫声“爸爸”，哪怕只叫一声，也心满意足了。再平常不过的心愿，对于他，却成了难以企及的奢望。

亲戚说，要想让哑巴开口说话，得想办法让他急，心里一着急，自然就喊出声来了。亲戚在外面跑运输，走南闯北，见多识广。他眼睛一亮，有什么办法？亲戚说，开车撞他！他马上摇头，叹了口气，没用的，这孩子天生慢性子，火烧眉毛都不着急。一个多月前，学校放暑假，他去城里接儿子回家。一辆的士差点撞到儿子，儿子吓得张大了嘴巴，想喊“爸爸”，到底还是没喊出来。从那以后，他就死心了。亲戚说，也许孩子还没遇到最紧急的事。

半个月后，又要开学，他把儿子送到学校。父子俩隔着马路挥手告别，一辆小卡车驶来，突然疯了似的，向他直冲过来。他眼睛看着马路对面，毫无防备。儿子眼尖，立刻发现了危险，想冲过马路，把父亲推开，但是来不及了。他满脸惊恐，急得睁大了双眼，忽然张开嘴巴，拼命大喊：

“爸——爸爸——爸爸——”

听到了，他听到了。仿佛天籁之音，他呆呆地立在原地，刹那间泪流满面，完全陶醉在幸福之中。

刺耳的刹车声，汽车几乎挨着他的脚尖停下。车门打开，亲戚跳下车，眼圈通红，赶紧扶着他上下打量，没伤着哪儿吧，我说过不能这么干，太危险了！他拍了拍身上的尘土，嘿嘿地笑着，眼里溅出泪花，听见没，我儿子会叫“爸爸”了。

挑山的男人

那次登华山，才到半山腰，我已脸色煞白，气喘如牛，只好找个地方坐下。迎面上来一个独臂挑夫，肩上背着个大竹篓，里面装了一个煤气罐（上山当然不会带空罐），弯腰驼背，像一张拉满的弓，脸朝着地几乎就要碰上膝盖，仅有的右手紧紧抓住路边的铁链，腿蹬手拉，仿佛每上一步都要使出全身的力气。我忍不住招呼他，大叔，坐下歇会儿吧。他吃力地抬起头，循着声音张望，冲我笑了，然后在我身边坐下。卸下肩上的重担，他一屁股坐在地上，拿出水壶咕咚几口，擦了擦头上的汗说，别人逼上梁山，我是逼上华山啊。我们聊了起来，他是个健谈的人。

他原本身体健全，有美满的家。在他四十岁那年，妻子忽然得了重病，尽管他竭尽全力四处举债，却没能把妻子留住。家徒四壁，欠下一身的债，两个孩子还得上学，连债主进了他家的门，都不忍心开口，他反倒安慰人家，人不倒，债不亡，就算拼掉这身骨头，我也要把债还上。他是个要强的人，不信自己有手有脚，有力气，会讨不来生活。

他把孩子托付给父母，去了外面打工，靠着家里的几亩薄地，别说还债，连孩子上学都不够。他去过好几个矿山背矿，工钱本来就少得可怜，还常常被拖欠克扣。无奈，他又去了河南，在一个小煤矿井下挖煤，虽说危险一点，工钱却保险，心里踏实。才做了两个月，却出事了，他的左臂被缆车砸断了。出院后，矿主叫他赶紧走人。少了一条胳膊，他连农活都干不了，回去就是死路啊。他第一次给人跪下，哀求矿主让他留下，说家里两个孩子还指望我的钱交学费呢，求您让我干点力所能及的活，哪怕看门扫地也行。矿主当然不会留下一个“废物”，只是给了他四千元钱，打发他回家。他把钱小心地分成了两半，一半缝在内裤里，另一半装在包里，然后回家，没想到那个包还是给小偷划了。

好好的人出去，回来却少了一条胳膊，一家人抱头痛哭。那条胳膊换来的两千元钱，他拿去还了债。乡亲们同情他，劝他出去乞讨，他说不行，我已经丢了一条胳膊，不能再出去丢人。眼看两个孩子就要开学了，学费却没有着落，借钱已经不可能，能借的早都借过了。想起这些，他就心如刀绞，觉得自己不算个男人，不配做父亲。

他咬咬牙，拖着一条独臂独自去了上海，这是最后一线希望。他每天起早贪黑到建筑工地上去寻活，可人家总有各种理由拒绝他。快一个月了，他依然没有找到活干，口袋里只剩下几块钱。那时正是盛夏酷暑，他却浑身冰凉，突然发现这个世界竟那样陌生，无论自己怎样努力总是受到伤害。他忽然想到了死，爬上了高高的立交桥，一阵风把他吹醒，想起孩子，想起了家，他又骂自己蠢，你连死都不怕，还怕活着吗？那份沉甸甸的家庭责任救了他的命。

也许天无绝人之路，第二天，他遇到一个老乡。老乡说，咱去华山做挑夫，只要肯卖力气，拿钱实在，还自由。

他二话没说，跟着老乡去了华山，只要能赚钱，拼了命他也不在乎啊。第一次踏上华山险道，他背了五十斤货物，才走了一小半路已经两腿灌铅，眼冒金星，喘不过气来。他想歇不敢歇，怕再也抬不起脚，想退无路可退，两边都是悬崖峭壁，一脚踏空就要粉身碎骨。他只能咬紧牙关，一步一步往上爬，天黑时才到山顶。

半夜下了山，领到十五元报酬，他想，这钱根本不是人赚的，明天赶早回去吧。可是一觉醒来，他又登上了陡峭的山路。从此，他每天早晨六点起床，带上馒头和自来水就去领货。挑夫的报酬是按重量计算的，并且根据路途远近、险峻程度有所区别，上北峰要走四个小时，每斤货物的运费是三毛钱； 南峰是华山之巅，路途遥远险峻，要走七个小时，因此价钱稍贵，每斤四毛钱。只有劳动力价格低于缆车的运输成本，挑夫才有市场，他们根本没有谈价钱的资本。为了多赚点钱，他肩上的重量从五十斤渐渐加到了一百斤，这几乎是挑战极限。自古华山一条道，他没有退路，只能把命赌在华山。

无法想象，他究竟要流多少汗才能换回一毛钱！可他从不认为赚得少，反而对华山充满了感激，他说是华山帮他还清了债，还供了他的两个孩子上学，让他找回了男人的尊严。儿子今年考上了大学，暑假来华山看父亲。儿子问他，山路那么高那么陡，你怎么上去的？他笑了，说一步一步往上走，不就上去了吗？儿子执意要体验一下父亲的工作，他说不行，儿子说，我年轻力壮，你能上我就能上。到底拗不过儿子，次日一早，他拿了一个二十斤的西瓜，让儿子背着上华山北峰，这条道近些且没有南峰那样险峻。四个小时的路程，儿子却走了一整天，天黑时才到北峰，看见父亲，儿子的眼泪唰地就下来了，说，爸，以后您少背点，要吃好点……

说到这，他忽然哭了，再也说不下去。顿了顿，他又自嘲地说，一个大男人哭得跟娘们儿似的，让你见笑了——哦，我得赶路了。说着他又背起了煤气罐，一只手紧紧抓住铁链，弯腰驼背，像一张拉满的弓，艰难地往上爬……

我怔在那里，说不出话来。命运没有把他击倒，反而将他逼上了华山之巅，山一般的汉子，那一肩扛起的，是一个男人、一个父亲所有的尊严！

一生之水

当送水车开进校园，一箱一箱沉甸甸的矿泉水从车上搬下来，孩子们个个欢呼雀跃，仿佛庆祝盛大节日的到来。这里是地处云南特旱区的一所希望小学，记者前来采访时，刚好看到这激动人心的场景。持续数月的西南大旱，早已让这片土地失去了往日的生机，河水断流，草木枯黄。全国各地捐助的爱心水源源而来，但是山高路远，生命之水弥足珍贵，学校不得不定量分配，每人每天只能发一瓶水。

记者走进教室，意外地发现，在一个小女孩的课桌底下，居然藏满了矿泉水。拿到桌面上，足足有四瓶半。五天时间，她只喝了半瓶水！看到这心酸的一幕，记者问她：“渴了怎么办？”“喝一点点。”记者几乎哽咽，“你为什么要攒下这么多矿泉水？”小女孩的眼泪忽然扑簌而下，“带回家，留给爸爸喝。”

第二天是双休日，记者走了几十里山路，来到小女孩的家。小女孩在家里洗菜，正准备做饭，妈妈已外出打工，只剩下她和爸爸在家。家里的储水窖几乎见底，从半年前开始，生活用水就要从很远的地方运来。懂事的小女孩告诉记者：“洗菜的水要留下来洗脸，洗完脸再拿去喂猪。”她拿出昨天从学校带回来的矿泉水，不多不少，还是四瓶半，爸爸一滴水也没舍得喝！

那是个年轻的爸爸，女儿长得跟他极像。憨厚淳朴的山里汉子，第一次面对镜头，显得有点无所适从：“我想多留一点健康的水给孩子。”谈到水，那张因长期缺水而干瘦的脸庞上，流露出一丝苦涩与无奈，他晚上做梦都梦见天上下大雨。“看到女儿懂事，我比喝什么都甜！”只有提到女儿时，黑黑的脸上才会露出少有的自豪，他笑得很甜，仿佛一瓶矿泉水“咕咚”下肚。

还记得那年，发生在南方的冰冻灾害。一个父亲开着私家车，带着七岁的儿子回湖南老家过年。父子俩从广东出发，进入湖南境内时，看到漫天飞舞的雪花，和树枝上晶莹剔透的冰凌，儿子仿佛走进了童话世界，高兴得手舞足蹈。父子俩都长在温润的南方，做梦也未曾想到，如此冰清玉洁的世界，竟然会暗藏杀机。

离家仅四十公里，高速公路突然封闭了，父子俩被困在路上。纷纷扬扬的大雪铺天盖地，路面结冰越来越厚，把他们最后的一线希望也覆盖了。时间一分一秒地过去，车上仅有的食物已消耗殆尽，饥饿、寒冷和对家的向往，轮番煎熬着父子俩的心。家，就在不远的前方，此刻却显得那么遥远。

两天后，父亲决定抛下车子，带着儿子徒步回家。白雪皑皑，寒风刺骨，父亲背起儿子，深一脚浅一脚，在冰天雪地中艰难跋涉。渴了，他就抓起一把雪塞进口中，继续前行。十几个小时后，终于到家，筋疲力尽的父亲总算松了口气，从怀里掏出了半瓶矿泉水。这是父子俩仅有的补给，怕它在半路上结冰，父亲把冰冷的矿泉水一直捂在胸口，自己却没舍得喝一口，全都留给了儿子。

晶莹澄澈的矿泉水，滴滴润心田。我们看到的不只是真情，更有勇气和希望，再大的困难，终究会过去。在生命的长河中，唯有爱永不干涸。

母亲不渴

在我七岁那年，家里买了辆凤凰自行车，当时在农村这是了不得的大事，大概相当于现在拥有家庭轿车。谁知不到半年就被人偷了，母亲很伤心，四处打听寻找。不知她从哪儿打听到的消息，邻乡有一户人家刚买了一辆“贼货”自行车，很像我们家丢的那辆。母亲拿着写有地址的纸条，决定去实地查访，她不识字，于是把我带上了。那时我正上小学二年级，在母亲看来已是个文化人。

几十公里的路程，母亲带着我步行出发。盛夏酷暑，骄阳似火，两个人的衬衣很快全湿透了。我从没走过那么长的路，半路就走不动了，母亲不停地给我擦汗，又给我打气鼓劲。路过一家小卖部门口时，我再也抬不动脚步，缠着母亲撒娇，妈，我渴！她犹豫半晌，终于狠下心拿出三块钱，给我买了一罐“健力宝”。我欢天喜地，双手捧起易拉罐，大口大口地猛灌下去，顿觉神清气爽，浑身又有了力量。

忽然，我童心大起。我故意留了几口不喝光，把易拉罐竖立在地上，然后高高抬起右脚……母亲发现了我的意图，想要制止，却已来不及了。只听到“啪”的一声，易拉罐被我一脚踏扁，橙色的汁液立刻四散飞溅。我乐得哈哈大笑，眉飞色舞。母亲蹲在地上，怔怔地盯着变形的易拉罐，露出深深的惋惜，儿子，你怎么能糟践东西呢？我撩起衬衣，露出圆鼓鼓的肚皮给母亲看，我喝饱了，不渴了。母亲幽幽地叹了口气，可是妈还没喝呢。我忽然感到脸上火辣辣的，这才想起母亲也渴了，心里后悔极了。母亲看出我的不安，轻轻摸着我的后脑勺，笑了，傻孩子，妈不渴，妈是叫你以后不要浪费东西。太阳底下走了那么久，怎么会不渴？我清楚地知道，母亲在撒谎，却不知道该如何开口说道歉，于是低了头，跟着母亲继续赶路。

自行车到底没有寻回来，我们找到了那户人家，特征不对。那个夏天，那罐没喝完的“健力宝”，永远装进我童年的记忆里。每次不经意的触碰，依然清凉沁心，又免不了暗暗自责一番。许多年后，我有了自己的孩子，才真正体会了母亲彼时的心情。看着儿子吃饱喝足，母亲就忘了自己的饥渴。

矫友田

1973年生于青岛，《读者》《思维与智慧》等期刊签约作家。迄今已出版《抚慰一生的智慧茶》《生命的慰藉》《图说老手艺》《火舞的蝴蝶》等作品近二十部，与人合著、主编图书三十余部。曾获冰心图书奖等。

年雪如银

那是一个飘雪的年节。

他自从在城里成家立业之后，已经有五个年头没有回老家吃年夜饭了。这一次，他感觉自己就像一只遍体鳞伤的狗，狼狈不堪地从城里逃回老家过年。他的另一个目的，就是为了躲避那些讨债的电话。

原来，在半年前，他苦心经营的那个小公司因为负债累累而宣布倒闭。不久，和他感情日渐疏远的妻子，也向他提出了离婚。他知道眼前的一切已经无法挽回，便同意了妻子的离婚请求。同时，他还失去了女儿的抚养权……

此刻，他坐在火炉旁边，心情像外面飘舞的雪花一样纷乱。母亲守着面板，动作娴熟地擀出一个个饺子皮。

父亲用开水冲洗了一些硬币，然后，认真地数着。为了图个吉利，年夜饭都要多包上几个馅里带钱的饺子。

母亲却说："够了，够了。"

可是，面板上只放着两枚洗净的硬币。

父亲又数了一遍手中的硬币，嘟哝道："往年咱都包十二个带钱的饺子，而今年孩子回来了，你就更应该多包几个。"

母亲固执地将父亲递过来的那小堆硬币搁到一旁去了，随后，笑着说："钱搁多了，就不灵验了。"

父亲有些气闷地走到院子里，蹲在屋檐下，"吧哒、吧哒"

地抽着旱烟。雪花，毫无顾忌地飘落在父亲的身上。父亲的心情显然受到了儿子的影响，很糟。

乡下的年夜饭仍然很讲究，饺子总要在零点之前摆上供桌。母亲提早烧开了锅，厨房里弥漫着浓浓的柴火的烟雾。

饺子开始从沸水中浮了起来。

母亲一只手拿着碗，一只手拿着漏勺，非常仔细地盛着锅里的饺子。从灶膛里映射出的火焰，给母亲苍白的发丝镀上了一层奇异的光泽。时而，母亲会撩起围裙的一角，擦一擦被柴火的烟雾熏得流泪的眼睛。

当一家人坐下来的时候，一种久违的感动忽然涌上他的心头。他感觉自己仿佛又回到了童年的时代，他总是不顾母亲的嘱咐，迫不及待地坐在饭桌前，希望自己最先吃到馅里带着钱的饺子。

他端起母亲递过来的那碗饺子，埋头咬开了一个，“吱”一声微响，一股温热的蜜意滑入他的喉咙。他吃到的第一个饺子，是一个糖馅饺子。

父亲瞅了一眼母亲，然后各怀心事地低头吃起来。

当他吃到第三个饺子的时候，牙齿被馅里的硬物硌了一下，第一枚硬币从他的嘴里吐了出来。母亲释然地笑了。

随着他碗里饺子的减少，母亲的神色越来越紧张。当他的碗里只剩下最后一个饺子的时候，母亲甚至放下了手中的筷子。当另一枚硬币从他的嘴里吐出来的时候，父亲开怀大笑起来。

母亲笑得连额头上的皱纹都舒展开了，兴奋地说：“今年，俺只包了两个钱，一个平安钱，一个福气钱，都让你自个儿吃到了……”

他轻轻地放下碗，手里紧紧攥着那两个幸运币走到外面。雪，已经停了。爆竹炸裂的红屑，洒在雪地上。在街灯的照射下，洁白的积雪反射着晶莹的光芒，从街口延伸到野外。在他的眼里，洁白的积雪就像父母的爱一样，延绵不绝。他感到有一股滚烫的热流，从掌心传遍全身……

十多年后，他在公司的年终联欢会上，无限感慨地对他的数百名职员讲述起那个年夜的往事。最后，他是这样说的："无论什么时候，我们都不要忘记父母给我们的恩情。在这个世上，父母的心，才是值得我们一辈子珍藏的'幸运币'。"

别让你心中的爱打折

三年前，朋友去了北京的一家公司发展。他的家庭条件非常不好，甚至他在读大学时最后两年的学费，都是他的父母从亲戚那儿借来的。

因此，他就像自己的父母一样，平时的生活十分节俭。即使后来他因为工作出色，被提拔成一个部门的主管，每月有了数千元的固定薪水之后，他的生活仍然跟从前一样节俭。

每到发薪水的时候，他除了留下一部分生活费，剩下的全部寄给老家的父母。一年当中，他只是在春节的时候，才返回老家一趟。因此，我们也难得跟他见上一面。偶尔，我们会通过电话联系一下。

他所在的那家公司比较正规，一年当中其实有不少固定的假期。有一次，我在电话里问他："你为什么不经常趁假期回来探望一下父母呢？"

朋友便告诉我，其实他也非常渴望趁假期的时候，回家探望一下父母和朋友。然而，每一次回家，他那一向节俭的父母在高兴之余，都会为他一路的花销而心疼不已。

于是，他只能通过工作来压抑自己思念的心。在节假日的时候，他会通过电话，及时给远方的父母送上节日的问候。

然而，在这半年多的时间里，他回来的次数却明显频繁了。我们猜测不出，他是因为收入的原因，还是他的父母转变了态度。

那一次，我们一起聚会的时候，把这个疑问告诉了他。

他笑着回答说："是呀，这是我自己改变了想法。现在我已经明白了一个道理，我们可以给自己的生活打折，但是不能给心中的爱打折。"

随后，他对我们讲了这样一件事情。

原来，在国庆假期的时候，他的那些同事们大都回了老家，只有他仍留在北京。他的经理发现之后，奇怪地问他："你为什么不趁假期，回老家探望一下父母呢？"

他就将真相告诉了经理，他决定不回去，是因为不想让节俭的父母为他一路的开销而心疼。他已经给父母打了电话。另外，他准备将节省下来的路费寄给父母，让他们自己选择购买礼物。

听了，经理摇了摇头说："你认为父母收到你节省下的路费之后，他们能舍得花吗？我认为，你不但应该回去，而且还应该为父母带几件礼物。节俭是一件好事，但是你不能给心中的爱打折。”

继而，经理神情愧疚地对我的那位朋友讲述了他的一段经历：十年前，他刚到北京创业的时候，最大的心愿就是干出一番事业来，能够将父母接到北京来居住。

有一段时间，因为工作繁忙，他连续一年多没有回老家探望一下父母。在想家的时候，他只能通过电话排解一下思念的心情。

在他父亲病重的时候，也是他的公司最困难的时候。因此，他一直无法脱身回老家探望病重的父亲。不久，当他接到父亲病危的电话，急匆匆赶回老家的时候，父亲已经过世了。姐姐哭着告诉他，父亲在临终前，一直在念叨着他的名字。

经理说到这儿，声音不由自主地哽咽了。而此时，他的眼圈也红了。

那次回老家，他第一次自主为父母各购买两件精品衣服。他发现母亲在试穿新衣服的时候，虽然嘴里在数落着他，但笑弯了的眼角却溢出了泪水……

想来，在这个世上，父母的心才是最无私的。他们将全部的心血，都倾注在儿女们的身上。望着父母日渐苍老的面容，你是否认为孝敬父母的机会以后还有很多很多呢？

尤其是那些常年在异乡奔波的人们，在生活的压力下，甚至不经意地疏忽了那份亲情。其实，即使你每年回家见上父母几次面，而在父母有生之年，你跟父母见面的次数又能有多少次呢？你静心地算过吗？

送给父母的爱要趁早，千万不要让爱在你的心中打折！

蜂巢上的眼泪

与几位朋友结伴爬山，临近中午，我们找了一家环境优雅的山村小店品尝“农家宴”。小店的老板是一个面相憨实的中年汉子，他向我们推荐了一道最具山里特色的菜——“油炸蜂蛹”。

当服务员将那盘“油炸蜂蛹”端上来的时候，那些已被炸成金黄色、膨胀的蜂蛹，散发出一缕缕诱人食欲的香气。夹一个放入嘴里品尝，味道果然不错，我们一个个都啧叹不已。

只是盘里蜂蛹的量太少，每人刚品尝了几个，便露出了盘底。其中一位朋友开玩笑说：“老板，你们这店也太黑了吧，九十多元一盘的蜂蛹就给炸这么一点点？”

对这样的玩笑话，老板好像已经习以为常，他赔着笑脸说：“你们吃的是虎头蜂的蜂蛹，它们可是山里最毒最凶的山蜂。这可是采蜂蛹的人，冒着生命之险采来的。”

听了之后，我们都有些半信半疑。老板显然已经看了出来，他说：“我怎么会骗你们呢？你们下山时，往前走不出三里路，就会经过一个小村。村里有一个姓赵的果农，就是在半个月前采蜂蛹时，被虎头蜂蜇死了。”

我们感觉到，他不像是在编瞎话。于是，我惊诧地问他：“既然采蜂蛹那么危险，他为什么还要去采呢？”

老板便跟我们细说起了这件事情。原来，那个被虎头蜂蜇死的果农以前采过蜂蛹，只是过去蜂蛹的价钱低，又容易被山峰蜇伤，所以后来不做了。

然而，这两年，农家宴红火起来，蜂蛹就成了紧俏货。因为他家果园收入一直不好，他只好重操旧业。他有两个女儿，大的在外面上大学，小的今年又考上了高中。为了供两个女儿上学，他每天都是起早连黑地到山林里去寻找蜂巢。

那一天傍晚，他在一个石洞口发现了一个大大的虎头蜂巢，他估计至少能采得两三斤蜂蛹。而后，他便点燃了随身携带的硫黄。

一阵刺鼻的烟雾之后，那些栖在蜂巢上的虎头蜂纷纷跌落到地上。当他兴奋地采摘下那个沉甸甸的蜂巢时，竟疏忽了在石洞旁边一根树枝上，还有一个略小些的蜂巢。栖在上面的二百余只虎头蜂显然意识到了危险的降临，它们呼啦一下飞起来将他团团包围了。他慌忙挥手扑打，但是那些虎头蜂却凶狠地朝他暴露的皮肤上蜇去……

当人们在山上发现他的时候，他已经浑身肿胀的，像一个吹了气的橡皮人似的，结果不治而亡。

听他说完这件事情之后，我们刚才的食欲顿消。盘里剩下的那几个蜂蛹，直到最后也没有人动。

下山的时候，我们从那个只有二三十户人家的小村旁经过。一位在报社工作的朋友提议，到那个果农家去探望一下。

一个小女孩，将我们带到那个果农家的门口。只有果农的妻子一个人在家，显然她还没有从丧夫的悲痛中走出来。

当我们提起这件事情的时候，她一边抹着眼泪，一边说："这都怪俺啊……其实，当时女儿的学费已凑齐了……他想再为女儿添一个好一点的行李箱……都怪俺当时没能阻拦他……”

她终于忍不住哭出声，我和朋友们的眼睛也都湿润了。我想，在他们女儿的眼里，她的丈夫一定是一位可爱可敬的父亲。

临走时，一个朋友发现在院子一角，堆着十几个干瘪的蜂巢，就像被收了籽的向日葵盘一样。他低声跟我们几个商量，建议买下那些蜂巢，作为对她捐款的理由。于是，我们每人掏出了一百元钱，递给了她。

她诧异地看着我们，不知所措。

我们就撒了一个谎，告诉她，这些蜂巢是代另外一个朋友收购的。这个时候，她仍有些迟疑地接过钱去。

我们几个人在下山的时候，都变得有些沉默了。我隐隐地感觉到，手中的那个蜂巢变得越来越沉重，上面好像浸满了泪水……

父爱的天空

她从一懂事的时候起，就见父亲拄着双拐走路，那两根拐杖被父亲的胳膊磨得油亮。后来，她听母亲说，在她三岁那年上，她的父亲在附近一家石场采石，不慎被一块飞石砸伤了腿，从此只能依靠双拐走路。

父亲性情沉默，在他长满络腮胡的脸上，很少见到笑容。他经常一个人坐在院子里或胡同里，抽着闷烟。因为腿上的残疾，父亲从来没有抱过她。她也从来没有像别的孩子那样，扑到父亲的怀里撒娇。

在她入学的时候，别的同学都是由家长带着去报到。当时，因为母亲要到镇里去卖自家种植的蔬菜，便准备让父亲带她去报到。而她竟哭闹着，执意不肯让父亲带她去。因为，她不想让同学们第一天就知道，她有一个瘸子父亲。于是，母亲只好放弃了去镇子里卖菜的打算，亲自带她去学校报到。

每到下雨的时候，其他同学的父母都会带着雨伞，到学校门口接孩子回家。然而，她最担心在学校门口见到父亲的身影，因为在学校门口不远，有一条小水沟，每到下雨的时候，小水沟两边的斜坡非常湿滑。

在随父亲往家走的时候，她反而要费很大力气帮助父亲翻过那两个斜坡。因而，他们父女俩经常惹来一些异样的目光。后来，她便阻止父亲到学校接她。

父亲也意识到了，再以后下雨的时候，父亲就站在小水沟的对岸等她。父亲把手中的雨伞交给她之后，就会催促她独自先走，而他则跟在身后，慢慢地挪回家去。

那个下午，外面下起了雨。因为全校老师召开会议，学生们提前放学了。她就跟着一名带伞的同学，一起去了那名同学家写作业。当她回到家里的时候，天已经擦黑。母亲也刚从外面卖菜回来，湿透的衣服还没来得及换。

这个时候，她才忽然想起来，父亲一定还在她放学的路上等她。她和母亲急匆匆地朝学校的方向跑去。在那条小水沟的近前，她发现了坐在对岸泥浆里的父亲。父亲的神情颓丧，手里只剩下了一根拐杖。

原来，父亲在等了很长时间后，仍不见她的身影，开始有些担心。于是，他就吃力地走下那条小水沟，结果不慎滑倒，一根拐杖被水冲走了，他只抓住了另一根拐杖，而后，费力地爬上对岸的斜坡，无奈地等待援助。

当父亲看见她俩的时候，嘴唇哆嗦了几下，然后声嘶力竭地喊了一几声：“俺是个废物啊！——”继而，大颗大颗的泪珠，从父亲的眼睛里涌出来。

以前，她从来没有见到父亲落过眼泪。在那一瞬间，她忽然发现自己欠父亲的东西太多太多。她第一次扑到父亲的怀里，失声哭了起来。

后来，她升入镇子里的那所中学。因为离家有三十多里路，她只能选择在学校住宿。父亲闲暇的时候，就会搭乘母亲的三轮车到学校看她。

父亲总是选择在他们课间操的时候来，他拄着双拐，站在学校操场的花墙外边，透过铁栅栏的缝隙，远远地看着女儿舒展的身影。在广播操快要结束的时候，父亲就会拄着双拐，缓缓地离开……

再后来，她考入一所在全国非常有名的大学。那是一个不眠之夜，因为明天她就要离开父母，到几千公里外的一个陌生城市里开始新的生活了。父亲执意要随母亲一起到学校送她。可是，她和母亲担心长途颠簸，父亲的身体会吃不消。

她知道，父亲一夜都没有合眼。因为，她多次听到父亲起身，拄着拐在房间里踱步，“笃、笃……”拐杖叩击地面的声音，一次又一次撞击着她的心灵，泪水夺眶而出。

第二天，父亲还是坚持了先前的决定，陪她们一起乘上了那列开往遥远城市的火车。经过数十个小时的颠簸，他们一起走进了女儿考入的那所大学。

负责接待的老师惊讶地问她：“这位是谁呢？”

她自豪地说：“他是我的父亲，是陪我一起来报到的。”

那位老师继续问道："哦，你们距离这儿一定很近吧？"

父亲微笑着说："是啊，以后就很近了。"

她却纠正说："我们家距离学校有几千公里呢。"

那位老师和身边那些学生的家长，都用惊讶而钦佩的目光看着他。

在她送父母去车站的路上，父亲的脸上始终挂着微笑。尽管父亲只能依靠拐杖走路，但是在她的眼里，父亲的身躯却是那样高大。正是父亲那高大的身躯，为她撑起一片广阔的天空。

在这座遥远的异乡城市，因为有父亲的脚步走过，有父亲的微笑留下，使她对这座城市，不再有一丝陌生和恐惧的感觉……

一位母亲的守望

距离上次贵州之行，已经半年多了。一路的风景，在我的记忆里已逐渐变得模糊。然而，有一个佝偻的老人的身形，却像一束强烈的光线，每当在我回忆那段行程的时候，便刺得我热泪盈眶。

那是个下午，我们的车子还未驶入德江县城，便下起雨来。雨越下越大，道路上的坑洼处很快就泛起了水泡，面包车一瘸一拐地朝前行驶着。司机师傅虽然是贵阳人，但是在经过一个十字路口的时候，他仍迷失了方向。于是，他停下车，准备下车找一个当地人确认一下方向。

在路口的右侧，是一个规模很小的露天集市。或许是因为临近傍晚，再加上下雨，只有几个卖青菜的摊贩仍坚守在那儿。他们披着雨衣，大都蜷缩在摊子前，使人分辨不出他们的模样。

这时候，坐在我身边的摄影师刘元用手掌擦拭了几下车窗的玻璃，忽然惊讶地对我们说："你们看，那位老人站在那儿干什么？"

其实，刚才我也注意到了那位老人。她看上去有七十多岁的年纪，佝偻着身子站在雨中。老人没有穿雨衣，因此她的衣裳早已被雨水淋透了。在她的身下放着一个小竹篓，被一块已经泛黄的透明塑料纸遮盖着。想必那块旧塑料纸便是老人用来避雨的工具，可是她为什么不披在身上呢？

也许是因为同情，抑或是好奇，刘元打开车门，撑起她那把红色的雨伞朝老人走过去。我也撑起另外一把雨伞，跟在她的身后走过去。

那位淋在雨中的老人看见我俩走过来之后，干瘪的脸上露出一抹笑容。然后，她用手抹了抹颧骨上的雨水，操着浓重的地方口音问道："你俩买鸡蛋吗？"

老人一边说着，一边蹲下身去，用干枯的手撩开塑料纸的一角给我们看。此时，竹篓里只剩下了十五个鸡蛋，她愿意五元钱卖给我们。

我们诧异地问道："您一直淋在雨里，就是为了卖这十五个鸡蛋吗？"

原来，老人是住在一个距离德江县城二十多里地的小山村里。她竟然是自己拎着一竹篓鸡蛋，步行过来赶集的。因为来一趟不容易，她希望能够把带来的鸡蛋都卖掉。

这时候，刘元已经自己动手把那十五个鸡蛋拾到一个塑料袋里。随后，她掏出一张二十元的纸币递给老人，并示意老人不用再找钱。

可是，老人却抖擞着手从衣兜里摸出一个塑料袋，里面是一个陈旧的手绢包。她从里面数出十五元钱，执意塞给了我们。即使这样，老人仍感激地念叨着今天遇上了好心人，并拎起竹篓准备往回返。

我又问老人："老人家，你家住在哪个方向呢？"

或许是因为我的语速过快，老人居然没有听明白我的意思。刘元重复了一遍之后，老人才一边笑着，一边指了指前面的那条路。

我转身跟刘元商量说："如果老人家住的地方跟咱去的是一个方向，那咱们不妨捎她一程。"

听了，刘元急切地朝我们的车子跑去。司机确认老人去的地方和我们是一路后，就爽快地答应下来。

老人唯恐自己湿漉漉的衣裳弄脏了车子，执意不肯上车。最终，她是被刘元硬拽上车的。上车之后，老人一直不肯坐下，因此司机无法发动车子。直到我们为她找了一块塑料垫子铺在座椅上之后，老人才诚惶诚恐地坐下。

因为司机是贵阳人，我们跟老人交流起来就容易多了。通过老人的讲述，我们也知道了她为什么一个人要步行这么远的路程，到县城来卖鸡蛋。

原来，老人的丈夫早已经去世了，家里只有一个四十多岁瘫痪在床上的儿子。年轻的时候，她的儿子还很健壮，后来却得了一种怪病，双腿肌肉开始萎缩，再也不能下地行走。老人最大的愿望就是能够为儿子治好病，这样她临终的时候才能闭上眼睛。长年累月，老人除了照料瘫痪的儿子，就是不停地为儿子抓药、熬药。尽管儿子的病情越来越严重，但是老人一直没有放弃过。她卖鸡蛋的钱，就是积攒起来为儿子抓药的。

尽管由于山道湿滑，我们的车速一直很慢，可是二十多里的路程，仍很快便到了。老人指了指山坡后面告诉我们，她的家就在那里。

司机停下车，老人不停地朝我们道谢。雨下得更大了，刘元撑开那把红雨伞塞给了老人。其实在老人下车的时候，我已经发现她把老人先前找回来的那十五元钱卷成一个团，掖在老人的竹篓里面了。

老人执意将雨伞还给我们，但司机已发动起车。她朝前追了几步，便停下了。她把竹篓放在地下，一只手打着伞，一只手不停地朝我们摆着。汽车驶出老远，我转回头去看，透过模糊的车窗，见老人仍站在那儿朝我们摆着手。那把红雨伞，像一团渐渐隐逝的火，又像一颗殷红的心，凝固在山雨中……

这是一位多么平凡而伟大的母亲啊！她用一颗善良、淳朴和坚韧的心，守望着大山，守望着命运，守望着那个遥远的梦想！

一生的“永不落”

每到春天，他就会和学生们一起，在操场旁边一个椭圆形的花坛里撒下一些花籽。那是一种名叫“永不落”的野花，只要将花籽撒进土壤，它们就会顽强地生长起来。哪怕土壤再旱再贫，它们也会用细密的叶子将整个花坛遮掩起来，并且绽开像酒盅一样形状，金黄色的花朵。“永不落”的花期很长，一朵花从含苞到绽放，要经历大半个月时间的酝酿。因此，那些金黄色的花朵在行人的眼里，好像一直都是那样静静地绽放着，从来没有凋谢过。

最初，那些花籽是他从老家带回来的。从此，这种名叫“永不落”的野花，便在校园里扎下了根。每到霜降前后，他就会小心翼翼地把那些花籽从花枝上采集下来晒干，然后保存起来，等到来年继续栽种。

他的那些学生大都来自天南海北。因此，他经常提醒他们多给家里打打电话，听一听父母的声音。如果家中不通电话，那一定不要忘记给父母写信。然后，他还会讲述一个与“永不落”有关的故事。

曾经，有一个小男孩家境非常贫困。他羡慕邻家在院子里栽了许多好看的花，也央求母亲在自家院子里栽种几棵花。母亲便带着他上山挖回几棵“永不落”，栽在院子里。

盛开之后的“永不落”，虽然只有一种姿态、一种颜色，但是在他的眼里，那些金黄色的花球，比任何花朵都要美丽。第二年，他们家的院子里和门外的小巷里，长满了他和母亲栽种的“永不落”。于是，在整个夏天里，小巷内都飘溢着一种淡淡的苦杏仁的芳香。

后来，父母用东借西凑来的钱供他到城里上大学。他不在家的时候，母亲仍会在院子里和小巷里栽满“永不落”。每当暑假回来的时候，远远看到那些金黄色的花朵，嗅到空气里的那一种熟悉的芳香，他就会兴奋得像个孩子似的手舞足蹈。再后来，他留在了城里工作，并贷款买了新房，成了家。

只是，每次暑假带妻子回老家时，他远远地看到那些盛开的“永不落”，仍控制不住内心的激动。妻子看到他兴奋的样子，会显得十分惊讶。因为在她这几年的记忆里，从来没有见过有第二种情景会令他的情绪如此难以自控。

从参加工作的第一个月起，他就定期往家里汇款。可是，在他结婚买房的时候，父母却将他这几年汇回家的钱，一分没动地交给了他。他曾问过母亲家里所欠亲戚的债，父母只告诉他早就还上了。

那一年初冬，他突然接到母亲病危的噩耗。当他匆匆返回老家时，母亲已经过世了。之后，他才知道这些年母亲省吃俭用，不舍得多花一分钱。母亲直到病重的时候，仍拒绝住院治疗。即便是这样，他们家现在仍欠着姨母家三千元钱。原来，母亲一直都是在骗他……

他返回城里的时候，把母亲刚刚晒好的那些花籽也带上了。

其实，那些学生们都知道，老师所讲的这个故事就是他的亲身经历。他们也知道，老师为他们讲这个“永不落”的故事，就是想提醒他们不要忘记父母的爱。

是啊，父母的爱，就像那些淳朴的花朵一样，无私地绽放在每一个人的生命深处，永远都不会凋谢！

最美丽的笑容

那一次，我应一位朋友的邀请，作为嘉宾参加了他们电视台举办的一个母子互动的公益节目。节目的主题是：“我想对最美丽的母亲说句心里话”。当时，被邀请到现场录制节目的母亲有五十多位，再加上她们的子女及部分家属，现场的气氛十分热闹。

在众多衣着时尚的母亲中，我的目光被坐在最后排的一位母亲给吸引住了。她的面孔长得非常难看，好像曾经受到过重物撞击似的，有些扭曲。而且她的额头上满是疤痕，鼻梁骨也塌陷着。

一个二十多岁，长相俊秀的女孩亲昵地坐在那位与众不同的母亲身边。令人很难相信，那个漂亮的女孩，竟会有这样一位相貌如此丑陋的母亲。

根据编导的安排，先由每一位母亲的子女们依次登场，对观众讲述一个关于自己母亲的真实故事之后，再对母亲说句心里话。一个个精彩动人的故事，时而令人捧腹，时而令人感慨；一句句发自子女们内心的真诚祝福，不仅令在座的每一位母亲的眼睛里都溢动着幸福的泪花，也令现场的观众和我们这些嘉宾都感动不已。

当主持人把话筒递给那一对特殊的母女时，现场的目光都聚集到那位母亲的身上。那位母亲浅浅地一笑，而后有点局促不安地垂下了头。

继而，女孩哽咽着为我们讲述了这样一个故事：

原来，她的母亲也有一张美丽的面容。那是在她三岁的时候，父亲驾驶着机动三轮车载着她和母亲外出办事。结果在经过一个大斜坡的时候，车闸发生了故障。父亲一边手忙脚乱地操纵着失控的三轮车，一边大声喊叫让坐在车兜里的母亲跳车。

在那个危机关头，母亲抱着她跳下车去。自始至终，母亲都没有松开一下手。因此，母亲的面部重重地摔在地上，当场昏迷了过去。在那场车祸中，父亲受了重伤，母亲遭毁容，只有她仅仅受了一点皮外伤。如果当时母亲在从失控的车上往下跳的时候，哪怕只伸开一只胳膊撑地，也不会伤得这样严重。可是，母亲为了女儿的安全，情愿选择用生命作为女儿的"护垫"。

女孩讲完这个故事之后，现场的观众大都流下了眼泪。在掌声平息之后，主持人请那个女孩对母亲说句心里话。

那个女孩说："母亲毫不犹豫地用她一生的美丽换回了我的生命。现在如果可能，我愿意用自己的生命换回母亲的美丽。"

此刻，镜头对准了那位可敬的母亲。主持人钦佩地问道："当时在那个危机关头，是什么力量促使您做出这个伟大的举动呢？"

那位母亲平静地回答道："至今我也不认为自己的举动有多么伟大，我想当时换作任何一位母亲都会这样做的。"

她说完这句话，淡然地笑了。她的笑容，难道不就是这个世界最美丽的吗？

李良旭

现居安徽马鞍山，《读者》《青年文摘》《意林》《格言》《特别关注》《思维与智慧》《微型小说选刊》等期刊签约作家。从事文学创作三十多年，已发表文学作品三百多万字，有多篇文章在全国文学大奖赛上获奖，并有多篇文章入选中考语文试卷和中学生课外阅读书籍。许多文章先后被收录在《带着智慧远行》《永远不要找借口》《智慧的人生不寂寞》《回回头看见爱》《修好自己的这颗心》《穿越时光的思念》等八十多部图书中。

贴在窗户上的两张脸

父母已是八十多岁的老人了。我和他们住在同一个小城里，相隔不过几百米，却很少回家。即使偶尔回趟家，也是风风火火的，讲不了几句话，手机响了，对着手机，一阵叽里呱啦，总是很忙的样子，转身，就又走开了。

每次，两位老人看到我回家，好像总有许多事要问。而我总是三言两语给打发了。老人还是像有什么不放心似的，但看到我一副不耐烦的样子，又有一种怯怯的感觉，好像生怕打搅了我。

不经意地，我发现，每次回家，家里的大门总是已打开了一半。我根本不用去敲门，再等着他们来开门，只需将门轻轻一推，就进了屋。

这样的事，遇到的次数多了，我就疑惑地问，你们大门怎么总没关好？我每次回来，都发现你们的大门是开的。

两位老人听了，相视一笑，说道，没关系，这门是刚打开，你就来了。

一次，我骑车顺便骑到了父母家，把车停好，下意识地把头一抬，顿时，一下子愣住了。只见楼上的窗户上，紧紧贴着父母的两张脸。这是两张什么样的脸啊！苍老、憔悴，脸上布满了皱纹。这两张脸紧紧地贴在窗户上，一动不动地望着窗外。

我心想，他们在看什么呢？忽然，发现母亲的脸不见了，只剩下父亲一张孤单的脸。但这张脸有了笑容，这笑容，像绽放的菊花，贴在窗户上。

我上了楼，正要敲门，发现门又开了一条缝隙。我推开门，只见两位老人正站在客厅里看着我笑哩。

我问，我刚才在外面看到你们在窗户上往外看什么哩。

父亲一愣，有点不好意思地说，你看到了？我们这是在看你哩！

什么？看我干什么？我疑惑地问道。

看你来了，我们好给你开门啊，这样，你就可以多待会儿了。母亲一脸笑容地望着我说。

电光火石之中，我一下子愣在那里了。原来，两位老人为了能让我和他们多待会儿，多说几句话，每天就这样眼巴巴地望着窗外，渴望看到他们儿子的身影，一旦看到了，然后，他们就会用最快的速度去开门，这样就能省下一点时间。

想到这，我的眼睛有些湿润了。我扭过头，将手伸进口袋里，把手机悄悄地关上了，然后，拉过一条凳子坐了下来。

母亲站在一边，怯怯地说道，你要有事就去办吧，不要耽误了你的事。我笑道，今天我真是一点事也没有，就是专门过来多坐会儿的。

父亲听了，满脸兴奋地说，真的吗？那就多坐会儿。

一眨眼，老父竟颤巍巍地给我泡了一杯茶。两位老人也就势坐了下来，围在我身边。

我和两位老人说着话，拉起了家长里短。说到我小时候调皮，不听话，父亲使劲打我屁股的事，两位老人开心地笑了，还笑出了眼泪。母亲不停地揩拭着眼角，嗔怪父亲下手太重。父亲咧着没牙的嘴，呵呵地憨笑着。冷清的屋子，一下子有了明媚，有了温暖的感觉。

这么多年，我一直以忙为借口，总不愿在父母家多坐会儿。而两位老人，却每天眼巴巴地将脸贴在窗户上，望着窗外。那是一种多么漫长，甚至是无望的等待啊。他们这是在等什么呢？等爱！对，他们是在等爱，等来自于儿女的爱、儿女的情、儿女的暖。有爱的生活，才会是温馨的、明媚的、旖旎的。想到这，我的心顿时濡湿了，眼前变得一片朦胧。

保　重

高考失利后，我背起一个简单的行李，准备去南方打工。正在田里劳作的父亲风风火火地赶回来，坚持要送我到火车站。我默默无语，一个人在前面走着，父亲扛着一把锄头在后面跟着。

父亲赤着脚，卷着裤脚的腿上沾满了泥巴，有几次父亲赶到我身旁，脸上讪讪着，好像要对我叮嘱着什么，可是，看到我脸上阴沉着，也就放慢了脚步，跟在我的身后。

我进了车站，父亲不知什么时候花了三块钱买了一张站台票，坚持要将我送到车站里面去。这对于一向很节俭的父亲来说，竟如此“奢侈”，让我有些吃惊。

我上了一列南下的火车，透过车窗，我看到父亲站在车站内，还在一节一节车厢搜寻我的身影。忽然，父亲眼睛一亮，他在一扇车窗前，看到了我的身影。他走到车窗前，伸出一只手指头，在车窗上歪歪扭扭写下两个字。

我仔细一看，原来父亲写的是“保重”二字。顿时，我的眼圈红了，我背过身子，用手擦拭着眼睛里流下的两行热泪。父亲对于儿子未来的前程，无法掌控，他唯一能吐露的心声就是希望儿子能保重，只有保重了，才会有希望，才会有未来。

那一刻，我仿佛一下子长大了许多。我带着父亲赐予的“保重”二字，在一个完全陌生的城市安定下来。

我在一家汽车修理厂找到了一份工作，由于没有技术，我只能干些搬运工的活，劳动强度既大，而且又十分危险。但我一直记得父亲赐予我的那两个字：保重。保护好自己，也是为了成长出一个更强大的自己。

我开始偷偷学艺，偷看师傅们修车。我还买来汽车常用故障修理技术方面的书籍。下班回到简陋的工棚里，在其他工友沉湎于打牌、喝酒、逛夜店时，我却还在学习着。

几个月后，我用省吃俭用的一千多块钱，报名上了一所汽车修理职业技术夜校，我的这一举动，让工友们大惑不解。好不容易积攒了一千多块钱，不去享受一下，却交了学费，真是傻透了。

我只是笑了笑，拖着一身疲劳，继续去夜校上课。无论刮风下雨，从不间断。在夜校里，我系统地学习了汽车维修理论知识，成为班上成绩最好的一个。

一次，有个客户的一辆进口车的发动机出了故障，几个师傅忙碌了几天也没有修好，师傅们非常着急。我放下手上搬运的货物，走了过去，轻轻地说了句，让我来试一试。几个师傅听了，惊讶地抬起头，满脸疑惑，好像在说，我们几个都修不好，你一个搬运工，有什么能耐？

我将发动机打开，很快地查到了故障的原因，原来是一处齿轮磨损，造成发动机启动慢。原因找到了，发动机很快地修好了。几个师傅不住地夸赞我，说我帮助他们解决了一个大问题。

老板得知消息，让我当了技术指导，还有了一间办公室，工资翻番。工作环境变了，我没有沉湎于已取得的成绩，为了不断提高自己的技术。我又报名上了大学汽车专业本科函授学习，并且利用出差机会，对当地的汽车修理市场进行调查。

几年后，我谢绝了老板的再三挽留和开出的诱人待遇，告别了打工生涯，回到了家乡，在家乡开了一个汽车修理厂。

父亲听说儿子开了个修理厂，丢下田里的活，风风火火地赶了过来。他还是那个样子，扛着一把锄头，裤脚高高地卷起，腿上沾着泥巴。他在修理厂四围转了几圈，没有说话。从他的眼神中，我看到的满是惊讶和担忧。也许他还无法理解儿子竟然也能开这么一个修理厂，当他听到员工称呼我为老板，脸上更是惊讶。

最后，他走到我办公桌前，伸出一只手指头，沾着桌上的水渍，在桌面上写着，然后转身离去。

我不知父亲写了什么，俯下身子，将头凑近桌面，借着桌子上的反光，我终于看清父亲刚刚写下的是“保重”两个字。

霎时，几年前，父亲在车站送我时，在车窗玻璃上写的“保重”两个字又在眼前浮现。每当儿子的人生发生一种变化时，父亲对儿子念念不忘的是“保重”二字。在父亲的眼里，他不求儿子大富大贵，只企盼儿子能保重。保重，就是对父亲最大的安慰和报答，也是一种最大的孝。

我的汽车修理厂在经营中，经历了许多困难和曲折，但无论遇到何种坎坷和困顿，我都能以一颗平静的心对待，善待自己，善待每一个员工。因为我已深深地懂得，在我们每一个人的生命中，保重自己，其实才是人生中最宝贵的财富。

一定要幸福

电影《那些年，我们一起追的女孩》最后有这样一个镜头：柯景腾和一大帮老同学，去参加他们共同的“女神”沈佳宜的婚礼。婚礼现场，大家都起哄说要亲吻新娘。新郎说，可以，但怎么亲新娘，就先得怎么亲我。

大家都退缩了，只有柯景腾冲上去，按住新郎狂吻起来……之后，他含笑走向新娘。没吻她，只说了一句话：一定要幸福！

一句简单的“一定要幸福”的祝愿，瞬间，让新娘感动地热泪盈眶，也让现场来宾眼睛变得一片湿润，有的还掏出手绢，低下头，轻轻啜泣起来。

新郎走了过来，紧紧地拥抱着柯景腾，只轻轻地说了句：“我的好兄弟，我一定会让她幸福的！”说完，不禁潸然泪下，无语凝咽。

“一定要幸福！”成为这部影片最精美的台词。人们记住的是柯景腾的祝福，虽然这是柯景腾对沈佳宜说的，但仿佛就是对我们每一个人说的。

影片的导演、编剧柯景腾（九把刀）谈及这部影片创作体会时说道，这部影片全部采用真实姓名，就是为了纪念当年他们那些青涩男孩一起追过的一个叫沈佳宜的女孩子。他一个完全不懂电影的人，为了当年追过的一个女孩子去拍了一部电影，就是为了告诉沈佳宜一句话：一定要幸福！

柯景腾说，爱人结婚了，新郎不是我们，虽然这种结果有些悲伤和残忍，但把最美好的祝愿送给她，希望她生活得幸福，也是埋藏在我们心里最好的表达和倾诉。

“一定要幸福”这句话，也是人世间我们亲人间最真挚的祝愿。可以峰回路转、可以迢迢渺渺、可以山高水长，但永远不能失去幸福。

十八岁那年，天空洒满阳光。我背起一个简单的行李，就要走出家门，一个人出去闯荡了，心中弥漫着一丝兴奋和焦虑。

母亲有些慌乱得从屋里出来，又塞给我两副手套，说道：“干活时，一定要戴着手套，不然会把手磨破了。”

我看到，母亲的眼睛有些红肿，心里不禁一阵酸涩。母亲为我整了整衣襟，一字一句地说道：“孩子，在外一定要幸福啊，如果感到不幸福就回家，不管怎么说，家，虽然穷一些，但总会使你有一种幸福感啊！”

那一刻，我愣愣地望着母亲，仿佛有些不认识她似的。瞬间，眼睛里噙满了泪水……

我一直在想，母亲没有什么文化，可是，在我离开她时，她竟然说出这么一个高雅的词汇，这让我对母亲有了一个新的认识。后来我明白了，天下的母亲，都有这样一句高雅的情怀和诗意。

带着母亲“一定要幸福”的叮咛，我开始了独自外出打工。虽然经历了很多事情，也遭遇到了许多挫折和痛苦，但我似乎总能在我的生活中，找到一种幸福感，这种幸福感虽然很卑微、很渺小，甚至在常人眼里有些可笑，不足挂齿，但在我心里却像一片大海，给了我一种巨大的力量和勇气。常常看到自己拥有的那些点点滴滴的小幸福，从而使自己变得坚强、豁达起来。

母亲打电话，开头第一句话，常常就是“在外感到幸福吗？如果感到不幸福，那就回来吧！”这句朴实、温暖的话语，像清甜的甘露，在我心里荡起层层涟漪和缠绵，仿佛母亲就在我身边，我感受到了母亲那浓浓的怜爱。

几年后，我带着一个女孩子回家。母亲见到那女孩子，脸上盛满了喜悦的笑靥。她拉起女孩子的手，只是一个劲儿地笑，好像不会说话似的。母亲忽然说道：“闺女，和我家娃在一起，你一定要幸福啊！”

女孩子听了，脸上飞起两片红霞，羞涩地说道：“阿姨，他是很好的一个人呢，和他在一起，我感到很幸福。”

母亲听了，仿佛一颗心重重地放了下来，连声说道：“那就好，那就好！”

在母亲心里，幸福比什么都重要，只要拥有了幸福，路，才会走得舒坦、走得平稳、走得铿锵。

许多年过去了，我一直带着母亲那句“一定要幸福”的祝福和企盼，行走在人生道路上。我知道，在母亲的心里，没有什么能比儿子生活得幸福更重要了。随着岁月的增长，我知道，幸福是建立在自己的努力、奋斗之上的。在努力、奋斗中，我享受到生活赋予我的那些丝丝缕缕的幸福，感受到了人间的妖娆和婆娑。

鲁先圣

中国作家协会会员，教育部“十一五”课题组文学专家，《读者》《青年文摘》《意林》《格言》《特别关注》等期刊签约作家，龙源期刊网签约专栏作家，《北京青年报》《燕赵晚报》《晶报》《济南时报》《生活日报》《西部商报》等多家报刊专栏作家。已出版散文随笔集《持续地敲门》《黎明的珠露》和历史评论专著《伴你读名著——水浒》等多部，合著散文集《心灵的独白》《爱是条温暖的河》等多部，已发表作品六百万字。《遥远的炊烟》《读书是风雅乐事》等二十多篇作品被选为中考、高考语文阅读试题。曾获第十八届孙犁散文奖二等奖、2009年度冰心图书奖。

母亲的光辉

当一个女人嫁为人妇，当经历了十月怀胎成为了一个母亲之后，女人身上所有那些博爱、宽厚、仁慈、无私、善良、细腻的优秀品质，才会一个个从她的内心深处走到她的眼神中来，走到她的性格中来，走到她的生活中来，成为她的生活方式和生活准则，成为时时刻刻洋溢在她的眼神和表情中的一种素质、一种本能。

我曾经在一个雨天里目睹过这样一个情景：一个母亲在傍晚到学校门口去接她的孩子。雨下得很大，她只带了一把伞。孩子没有出来的时候，她撑着那把伞遮挡风雨。突然她看到她的孩子出来了，她似乎什么都没有想，就快步跑到孩子的跟前，把伞罩到孩子的头上。我在后面看着这个母亲，我看到孩子在伞的中间，而这个母亲的头正好在伞的边沿，急流顺着伞的边沿冲到她的头发上，而她却浑然不觉，只是一味地给孩子撑着伞，一切都是那么自自然然。

在东北的长白山下曾经发生过这样一个动人故事：在一天的下午，一个年轻的母亲带着她的孩子去摘豆角。到了接近傍晚的时候，她突然听到了一声凄厉的喊叫。尽管声音很微弱，而且她也没有听清是否是她的孩子发出的声音。她快速地向着自己孩子玩耍的地方冲去。她看到了，是一只狼，正逼近自己的孩子。她大喝一声，徒手就对着狼奔去。那只狼似乎也没有弄明白，平时一个见了它就跑的女人，今天为什么有了这样的勇气，居然敢与自己搏斗。狼还傻乎乎地愣着，那个母亲就已经冲到狼的面前了，一阵疾风暴雨似的猛拳，把狼打得七窍流血，一命呜呼。媒体在报道这个故事的时候说，这是有史以来一个单独的女人徒手打死狼的唯一记录。媒体说，这是母亲的力量所爆发出的能量。

在前两年，有一个聊城的母亲在济南因为换肾给自己的儿子而轰动泉城，所有的媒体都报道了这个伟大的母亲。事实上一个母亲，为了孩子，她是什么都可能做出来的。

有很多时候，我带着自己的孩子上街。孩子在自行车后面的座上睡了，我没有发觉。突然见有一个女人快速地骑车到我的一侧告诉我，你的孩子睡着了，注意点。我笑着向她致意，我知道她一定是一个母亲。这一切都是因为一个女人做了母亲。作为女人她的体格是柔弱的，但她成为了母亲以后就完全不同了，当她的孩子处在危急关头，她身上所有的能量都会爆发调动起来，成为一个大无畏的人。

作为一个女人，对于他人的孩子可能视而不见，但当她成为了一个母亲就完全不同了，作为母亲的母性驱使着她像对待自己的孩子一样对待他人的孩子。因为她了解了自己的孩子有很多缺点，所以对待任何一个不成熟的孩子她都会报以宽容的微笑。因为她了解一个母亲抚养一个孩子的艰辛，所以对于所有那些不孝之子都会投去鄙夷的目光。

当一个女人做了母亲以后，我们会发现原来在她的身上那么多的自私、狭隘、柔弱、小性，甚至刻薄、冷漠的个性都荡然无存了，整个的身心都显露着明媚的光辉，总是能够设身处地，总是能够宽以待人，也总是能够慈悲为怀。这是母性的力量。

我只给了母亲一头白发

那是一个清明节，我带着妻儿回老家给父亲上坟。从济南到老家的公路非常好，车辆也不多，用了两个半小时就到家了。

这么多年以来，我这是第一次回家没有事先打电话。因为，我头一天的时候看天气预报，知道老家这一天有雨。下雨的天气，气温是非常低的，尤其是农村，就更加凉了。如果母亲知道了我要回去，她是一定会在村口接的，而且她会很早就从家里出来到村口去。我担心天凉，会冻着了母亲。因为她老人家已经八十二岁，而且因为得了一场脑血栓，已经失语一年多，身体状况大不如前了。

但是，当我的车子拐下公路开到村里的小路上的时候，我一眼看到，母亲正拄着拐棍，站在路口向着公路的方向张望着。凝视着细雨冷风中的母亲，我无法控制自己的泪水。羸弱的母亲，尽管没有接到我的电话，但是她知道儿子今天一定会来的，所以也不知是从几点就从家里出来接远方的儿子了。我停下车，告诉儿子，快下去，把奶奶扶到车上来。妻子和儿子下去了，我看着他们跑向母亲。我慢慢地把车开到母亲身边，下来扶着母亲，想说什么，但什么也没有说出。母亲先盯着我看，然后用手抚摩着孙子的头，我看得出，她很高兴。她给我用手势比画，我明白她想说的意思是孙子又长高了。

按照我们老家的风俗，这一天，女儿是一定要到爹娘的坟上烧纸钱的。这么多年了，因为母亲的身体不好，又加年事已高，我们就一直没有让母亲去过姥爷和姥姥的坟地。今年，当我和姐姐一起给父亲烧完纸钱以后，我突然产生了一个想法，在今天这个特殊的日子里，母亲一定也在想着去给自己的爹娘烧纸钱。因为，她一定知道，她这样的机会就快没有了。从父亲的坟地回来，我就对母亲说：娘，我们去姥爷姥姥的坟地，给姥爷姥姥烧纸钱去。我看到，母亲听完我的话，眼里的泪水立刻就流出来了，她马上就给我打手势，意思是立刻就走。我看到她急切地给姐姐打手势，比画，我和姐姐立刻明白，她的意思是快准备纸钱。

从我们的村子到姥爷的坟地也就有两公里，我让母亲坐在前排的座位上，我想让母亲坐在车上尽情地看看她熟悉的地方和风景。因为自从母亲得病以后，我们就哪里也没有让她去过，她已经有几年没看到过她熟悉的道路和田野了。

母亲的眼睛一直在不停地看着窗外，我把车开得很慢，两公里的路程我们走了半个小时。到了姥爷和姥姥的坟地，我和妻子扶着母亲到坟前，姐姐点燃了纸钱，我和儿子给姥爷和姥姥鞠躬。我看到母亲的表情很安详、很平静，她很认真、很仔细地看着坟地周围的一草一木。她似乎在对自己的双亲说，我带着子孙来看你们了，不知道明年还能不能来。

回家的路上，母亲很高兴的样子，满脸上都是那种愿望实现的喜悦。可是，当我告别了母亲，当我开车离开村口，我的情绪却无论如何也无法平静下来，我再也控制不住自己的眼泪。母亲啊，我除了给了您一头白发，还给了您什么？

我的真正已经是风烛残年的母亲，明年的今日，您还是在村口接自己远方的儿子吗？

父亲给我的勇气

从小学升入初中以后，就要到距家五六里路的镇中学读书。镇上和我们村之间，有一条田间小路，小路两旁多是附近几个村里的坟地。坟地里有很多粗细不均的柏树，因为有祖坟地里不砍伐的说法，有些柏树不知存活了多少年。高高矮矮的坟茔之间，长满了各种各样的灌木野草。即使是白天，走在小路上，也有那种恐怖阴森的感觉。村里一直流传着很多有关小路上的鬼魂故事，即便是成年人夜晚也不敢单独走这条小路。

我上学去必须走这条小路，如果走大路就绕得太远了。学校早晨六点半钟上早操，我六点钟起床，半个小时的时间正好能在集合之前赶到学校。开学的时候是秋天，早晨六点钟天就亮了，小路上早就有了晨起赶集或者下田的人，我就一个人到学校去。可是不久，天亮得就晚了，离开家门的时候，天空还是漆黑一片。母亲担心，就让父亲送我。我发现走了一半路的时候，正好到了坟地较多的地方，天也就亮了。后来我就坚持不让父亲送了，短短的十几分钟，壮壮胆子就过去了。

不久以后的一天，我正睡着，闹钟响了。我一看到六点钟了，就赶快起床往学校走。刚走出家门的时候，感觉今天有点异样，天似乎比前几天黑得多，也凉许多，但也没有细想，只想可能是个阴天，就大着胆子往前走。走着走着，我就感觉不妙了。前几天的时候，走不多远天就开始发亮，今天怎么越走越黑呢？天空漆黑一片，路两旁的柏树黑幽幽的像一个个张牙舞爪的怪物。平日在村里听大人讲的那些妖魔鬼怪的故事在眼前晃动起来。我害怕极了，凭借对地形的熟悉，知道正好到了一半的地方。怎么办呢？回去吧，走了这么远了。我想，反正走了一半了，就豁出去了，往前走。就这样，自己给自己壮着胆子，不觉间就到了学校。到了学校，才五点半，我才知道是我家的闹钟出了问题。

坐在教室里，我一方面为刚才的经历后怕，同时又在想，自己这一路走也没有看到有传说的那些鬼魂出现，看来大人们讲的那些吓人的故事都不存在，那只不过是大人们瞎编了来吓胆小的人罢了。

后来，我干脆故意早起，故意在天还漆黑的时候到小路上去，结果更印证了我的想法。

这一段经历使我一生受惠不尽。从此我相信，世间本没有什么可怕的事情，没有什么逾越不了的困难。畏惧，害怕，是因为你不了解它，你没有面对它。

很多年以后，父亲告诉我，那一次，是他故意把闹钟拨快了一小时。

母亲的生日

今年阴历的四月二十五日，是母亲的八十四岁生日。离生日还有几天时，我就分别告诉在老家工作的兄姐和在曲阜工作的妹妹，今年母亲的生日要在距离老家最近的梁山县城过。

大家都不明白，我为什么要选择梁山。我说，一是梁山距离老家最近，母亲不适宜远距离坐车； 再就是有一个更重要的理由。

生日到来的前一天，我带上妻儿从济南出发，先去梁山一家大酒店定了次日中午的房间，然后回到位于梁山县城南二十五公里的故乡。母亲因为患脑血栓已经失语多年，但是她的听觉依然灵敏。家里的人已经告诉了她要去梁山过生日的计划。姐姐说，看出来娘一直在纳闷，她不明白我为什么要在梁山为她过生日。她一直在打手势拒绝，意思是在家里随便过一过就可以了，没有必要去那里。

我对母亲说:“你还记得韩垓吗？还有袁口？”

母亲的眼睛立刻明亮起来，满是皱纹的脸上表情丰富，很激动的样子。

我说:“咱明天吃过了午饭，我们带你去韩垓和袁口看看。”

母亲很高兴地点头。

家里的人也都很纳闷，不明白我的意思，更不明白母亲为什么听到这两个地方就很激动，因为我说的韩垓和袁口是隶属于梁山县的两个普通的乡镇，在梁山县城附近，并没有什么特别的风景。

但是，我却知道，这两个地方，在母亲的人生经历中，却有着难忘而特别的意义。前些年，母亲身体还好的时候，跟我住在济南。母亲最常回忆的经历是自己在 1958 年春天的故事。那一年父亲去了关东，爷爷身体不好，家里一切都由母亲撑着。那一年春天，村里闹了饥荒，我们家也已经没有任何吃的了。爷爷听村里的人说，在梁山附近的韩垓和袁口，可以用衣服和布匹换地瓜干和胡萝卜，就想让母亲去看看。母亲勤于纺织，正好那一年春天织了不少布匹。

衣服可以不穿新的，但是没有吃的却不行。当时哥哥的年龄还小，姐姐也刚刚会跑，正是长身体的时候。爷爷身体不好，就是有饭吃还不行，更不用说饥饿的煎熬了。为了一家人，在一天的清晨，母亲推着我们家的独木轮车，装上几捆布匹和一些衣服就上路了。

从我们村到梁山的韩垓和袁口，大约有四十五华里。母亲是小脚，推的又是独轮木车，道路又是那种坑坑洼洼的乡间小路，一路的辛苦可想而知。但是，就是这样的情况之下，母亲在那一个春天中，往返了十几次。每次都是当天来回，天还没有亮的时候动身，深夜才能回到家。

现在，我从济南回老家就经过这两个地方，只是道路已经变成了宽阔的公路。每次开车经过的时候，我都自然会想起当年的母亲，想起小脚的母亲推着独轮车艰难前行的情景，总是不禁泪流满面。

母亲在我这里的时候，每当回忆起这段往事，总是会说，不知道现在韩垓和袁口怎么样了？

是啊，尽管我带母亲去看过全国的很多风景，但是，我能够想象得出，这两个小地方却是当年母亲去过的最遥远的地方，是给母亲留下最深刻记忆的地方。

从那个时候起，我就一直有带母亲去看看这两个地方的想法，但是因为后来母亲身体越来越不好，上下楼不方便了，回到老家居住，事情就放下了。

今年母亲八十四岁，我与家里人商量要给母亲过一次有意义的生日，心里也想要圆了母亲的这个心愿。

二十五日那一天，我们在酒店为母亲举行了西式的生日宴会，母亲吹了蜡烛，儿孙们唱了生日歌，母亲特别高兴。然后，我们去重走母亲当年走过的路。一路上我不断地给母亲讲解着沿途的村子，母亲也一直朝车窗外看着，但是，母亲显然再也找不到她心目中的地方了。可是，我看得出，母亲很兴奋很激动，她老人家的心放下了。

孙道荣

安徽人，现居杭州。主任编辑，浙江省作家协会会员，浙江省杂文学会理事，《读者》《青年文摘》《经典》等期刊签约作家。已出版《你有多重要》《约好了春天开花》等个人作品集八部。

爱的移位

每晚，儿子都要回家，看望独居的老父亲。

儿子摸摸藤椅，轻轻摇了摇，藤椅吱呀吱呀地响。儿子弯腰检查，发现藤椅一条腿上的藤条，松了。每次回家，儿子都要仔细地查查，老父亲坐的椅子，是不是结实；门把手，是不是牢固；柜子，是不是稳当。老父亲老了，即使在家里移动，也得依靠那些能够随手抓到的东西，使一把劲，他得确保老父亲家里的每一件东西，都稳固、结实，以免老父亲使用时发生意外。这把藤椅是老父亲最喜欢坐的椅子，他坐上面读读报纸，坐上面看看电视，坐上面打个盹，坐上面发下呆，坐上面思念母亲……在儿子的印象中，老父亲大把大把的时间，都是在藤椅上度过的。藤椅陪伴了他二三十年，也许更久，现在它有点松了，不再像以前那么牢固了。儿子赶紧找来工具，先用铁丝将藤椅的腿绑牢，然后，用旧衣裳撕成的布条，一层一层地缠起来，这样，藤椅就既结实，又不会伤着老父亲了。

若干年前，年轻的父亲自己动手，用木头做了几把轻便的桌椅，专门给儿子用。年幼的儿子很调皮，任何东西都会成为他的玩具，小椅子也不例外。父亲害怕椅子太重，砸伤了孩子的脚，所以，年轻的父亲特地找来质地最轻的梧桐木，做成了几把椅子和一张小桌子，并且耐心地将每一个角，都磨圆，这样，即使孩子碰着了，也不至于弄伤他。

儿子走进书房。老父亲一辈子爱书，一堵墙都是书架，摆满了各种各样的书籍，老父亲现在还经常找几本出来读读。每隔一段时间，儿子都会帮老父亲整理、清理一下书架，将老父亲常翻的一些书，移到书架的下层，这样，父亲拿起来方便，就不用自己登高去翻找了。老父亲的年龄越来越大了，每登高一次，都会增添一份危险。为了防止老父亲爬高，儿子将家里的东西，都尽量往下搬，移到伸手可及的地方，这样，老父亲需要什么，随手打开柜子，就可以拿到了。可是，倔强的老父亲，有时还是会偷偷地站在凳子上，找这找那，这让儿子非常担心，他几次"严厉"地"警告"老父亲，若是再站凳子的话，他就将书架上面几层给封死，以杜绝危险的发生。

若干年前，儿子从蹒跚学步，到自如地奔跑跳跃，正一天天长大。儿子给这个家，带来了无穷的快乐。但是，这个调皮的男孩儿，也因此造成了一次次险情。好奇心使他什么东西都要看一看，什么东西都要摸一摸，什么东西都想玩一玩。为了不伤到他，年轻的父亲只能将家里一些易碎和危险的东西，往高处藏：放在茶几上的玻璃杯，都移到了柜子上；摆在桌上的花瓶，挪到了橱顶上；开水瓶藏在了厨房平台的最里层。可是，这一切反而更激起了孩子的好奇心，年轻的父亲越将东西往高处藏，孩子越想看一看，他趴在桌子或柜子沿上，踮起脚尖，再踮起脚尖，然后，伸手去探，去摸，去捞，去勾……"啪！"一个玻璃杯碎了；"哗啦！"一个装满东西的盒子摔到了地上。年轻的父亲看到孩子的模样，真是又好气又好笑，佯装"严厉"地"警告"他，再这样小心揍屁股。其实父亲从没有因此打过孩子，他怎么能够阻止一颗向往、好奇、长大的心呢？

将家里认真检查了一遍之后，儿子来到客厅，在沙发上坐了下来。老父亲正在看一部重播的古装历史剧，他对这种古装戏其实没什么兴趣，但他还是每晚陪老父亲看上一集。有一次，老父亲对打着盹的他说，你累了，赶紧回去休息吧。他惊醒了，对老父亲说，回去只能陪她看煽情的肥皂剧，您就让我在这儿多看一会儿吧。老父亲乐了，女人都这样，你娘在世时，不也喜欢看那些电视吗，你要让着点她。儿子点点头。儿子和老父亲，继续有滋有味地看着电视。

若干年前，儿子上中学了，学业越来越紧张，应试、升学，将儿子和全家人的弦，都绷得紧紧的，特别是高考之前那段时间，家里的空气沉闷得就像炸药桶，随时都会被点爆。人到中年的父亲和母亲，在家里走路，都是踮着脚尖的，生怕轻微的响动，影响了紧张复习的孩子。一次，儿子惊讶地发现，家里的电视机很久都没有打开过了，他问父亲，你们怎么不看电视了啊？父亲不屑一顾地说，电视节目越来越粗糙，越来越难看，看了就生气，不如不看。儿子信以为真。直到他高考结束那天，家里的电视机，才和父母的笑声，一起重新响了起来。

夜慢慢深了。儿子将老父亲搀扶上床，然后，告别老父亲，轻轻带上门，回自己的家去了。

若干年前，每个寒冷的冬夜，父亲都要披衣起床，蹑手蹑脚走进儿子的房间，将儿子蹬开的被子掖好。儿子翻了个身，又沉入甜甜的暖暖的梦乡。他不知道这一切。

不合身的毛衣

他个子不高，一米七都不到。不到一米七的他却穿了一件特大毛衣。袖子长出足足十厘米，他将长出的十厘米卷起来，塞进外衣的袖口里，在外罩的掩护下，除了袖口显得有点窝窝囊囊外，尚无大碍；衣身也长出足足十厘米，比他穿的任何一件外罩都要长，因此，毛衣总是从外罩里挂出来，有点像裙摆，样子就很滑稽。

毛衣是手工打的，厚厚实实，赭黄色，而且已经旧得败色了，看起来土里土气。现在穿这种手工打的毛衣的人，越来越少了。谁还有时间和耐心，一针一线打毛衣？又有谁还肯不合时宜地穿这种粗糙臃肿的毛衣？每年冬天，冷空气一来，他却早早地就穿上这件特大号的毛衣了，他似乎比别人更怕寒冷。

他的朋友，动员他脱了这件过时的大毛衣，去买机织的绒衣穿。机织的绒衣，又细密，又贴身，又好看，价格也不贵。他笑笑，却不为所动。有一个女同学，曾主动提出来，帮他拆了，按他的身材重新打，也被他婉言谢绝了。人们认定他是一个怪人。他确实有点古怪，至少在对待这件毛衣上。每天晚上，他都会将这件毛衣整整齐齐叠起来，做枕头，小脑袋陷进毛衣里，就像一只小袋鼠钻进妈妈毛茸茸的袋袋里。没有人知道他为什么会如此迷恋一件极不合身的旧毛衣。

这是他在大学的最后一个冬天了，就业的压力比寒流来得更早。虽然离毕业还有半年多时间，大四的学生们却早已忙碌地穿梭在各大招聘会上了。他也不例外。这天，他和几个同学同时获得了一家外资企业的面试机会。大家都做了精心的准备，一个个收拾得整整洁洁，精精神神，他也穿了件新西服，里面穿的却还是那件不合身的毛衣，显得愈加不伦不类。同学劝他脱掉里面那件毛衣，这样至少外表给人感觉干净利落点。他却执意不肯。同学们拗不过他。大家都暗暗替他捏一把汗，就他这身古怪的打扮，基本上已经被“帕斯”（Pass）掉了。

在一大堆专业的考核之后，人力主管给每个人都出了同样一道加试题：谈谈自己的父母。

他讲了身上这件毛衣的故事。

这是母亲为他打的。母亲在为他打这件毛衣的时候，他刚上小学一年级。他并不知道，那时候母亲已经病入膏肓，癌细胞正疯狂地吞噬着她年轻的生命。他只记得，在那个寒冷的冬天，母亲一直不停地打着毛衣，长时间的化疗使她的双手浮肿得像馒头，冰凉而僵硬。他摸过那双手，凉得就跟铁秤砣一样，而以前妈妈的手多么柔软多么温暖多么细嫩啊。他哭着求母亲不要再打毛衣了，母亲笑着说，傻孩子，打好这件妈就不打了，这件给你上大学时穿，那时候你的个头就该有一米八了，跟你爸爸一样高一样壮实了。他弄不明白，母亲为什么要为他准备那么多毛衣，甚至连上大学时的毛衣都这么早就准备好了。那是多么遥远的未来啊。直到有一天，妈妈永远地闭上了眼睛，他才懵懵懂懂明白，妈妈是要赶在死神之前，为他这辈子多打几件毛衣啊。

他撩起西服的下摆，眼里含着泪花："妈妈没想到，我都快大学毕业了，也没长到像爸爸那么高，所以，这件毛衣太大了点。但是，但是它很温暖。"

人力主管的眼睛也有点湿润了，"我想问你一个问题，你一直穿着它吗？"

"是的。每年冬天，我都穿着它，穿着它很温暖，穿着它，我就觉得，妈妈一直陪伴着我。"

前几天，他打电话告诉我，他已经被那家外资公司录用，开始进公司毕业实习了。他是我的堂弟。十五年前，我的堂婶，一个贤惠善良却不幸的女人，被病魔残忍地夺去了年轻的生命，年仅三十二岁。她把她的爱织进了毛衣，温暖着堂弟，也温暖着我们的心。

父母需要"被需要"

远在德国的女儿，忽然接到了父母的一封电子邮件，信中交代她，如果这几天打电话回家，家里没人接电话，就表示可能出大事了，快请人来家里看看吧。家门的钥匙就放在门底下。

邮件是前一天发出的。女儿看到这封信时，时间已过去了整整一天。父母的信很怪异。女儿立即拿起电话，拨打国际长途回家。电话"嘟嘟"地响了半天，没人接。女儿的心揪了起来，赶紧又拨打了父母一个老同事的电话。老同事匆忙赶到家中，敲门，无人应答。弯腰在门底下一摸，还真摸到了一把钥匙。门打开了。家里寂静无声。紧接着的一幕，让这位老同事惊恐万分：只见老夫妻两口子，分别悬挂在两个卧室的门框上，早已气绝身亡。

人们怎么也不相信，这对老夫妻，就这么走了。老夫妻都是高级知识分子，唯一的女儿远嫁国外。他们的生活令人羡慕。就在昨天，有人还听见他家里传出的钢琴声，反反复复弹的是一个曲子，老电影《城南旧事》里的主题曲《送别》。那封给女儿的怪异的电子邮件，也是昨天发出的。这样看来，这对老夫妻，是平静地做好了离开的准备。可是，又是什么原因让他们如此决绝地离开这个世界？

熟悉他们的老同事说，这对老夫妻，同在一家设计院工作，都是高级工程师，老爷子还会五种外语，在单位颇受敬重。退休后，单位不再需要他了。像很多刚离退休回家的老员工一样，老两口为此失落了很久。

熟悉他们的老邻居说，他们唯一的女儿嫁到了德国。退休后，他们也跟着女儿到德国生活了一段时间，女儿生了一儿一女，老两口平时也没什么事，就帮他们带带孩子，虽然周边没有一个人认识，但两个孩子特别依赖他们，这让他们的生活很充实。可是，小外孙渐渐大了，而且在孩子的教育上，老两口与小两口意见总是难以一致，有一次，老爷子想进外孙的房间看看，都被女婿拒绝了。老两口忽然意识到，小外孙已经大了，不再需要自己了。老两口黯然回国。

曾经热爱的单位，不需要自己了；曾经黏着自己的小外孙，也不需要自己了。老两口异常失落。但谁也没想到，他们会以这样的方式，与大家做最后的告别。老两口给女儿、单位、亲朋，分别留下了遗书，除了抬头不同外，内容基本一致，大意是他们觉得活着已没有意义，因此他们选择了离开。

这是一个真实的故事，就发生在我生活的杭州。从媒体上看到这条新闻时，很多人的心，被揪痛，人们无不扼腕叹息。有人发出感叹，有时候，被需要也是活着的一种动力啊。

我赞同这个观点。

我有个朋友，他们兄妹三人的孩子，都是老母亲一手带大的，那时候，哪个小家庭忙不过来了，都会搬母亲这个救兵，退休在家的老母亲，几乎一天没闲着，带大了大女儿家的外孙，又赶到小女儿家照顾小女儿的月子；刚刚将大外孙拉扯大，又要每天接送孙子上学放学……那些日子里，老母亲就像个陀螺一样，在三个小家庭之间奔波忙碌。后来，小孩子都慢慢长大了，三个小家庭的生活也步入了正轨，老母亲再也不需要为三个小家庭操劳了。清闲下来的老太太，却骤然老了许多。兄妹几个约定，今后，大家轮流接老母亲到家里住，但不准再让老母亲做家务活，让老人家好好享享福。没想到，对于孩子们的孝心，老太太一点不领情，哪家也不去，坚持自己一个人过日子，很倔强。朋友几番试探才弄清楚，原来老太太认为自己老了，没用了，不愿意给子女们添麻烦。三兄妹一商量，还得用老办法，搬“救兵”：儿子打电话回家说，我要出差了，家里没人照应，您得来帮我几天。老太太二话没说，去了。大外孙打电话给老太太，撒娇说，妈妈做的菜一点不好吃，好想吃您烧的红烧狮子头。老太太放下电话，就直奔大女儿家去了。小女儿打电话到姐姐家，找到老太太诉苦，孩子快中考了，自己马上又要参加职称考试，忙得喘不过气。老太太跟大女儿一商量，还是先去小女儿家救急……

老太太又像以前一样，穿梭在三个子女家，活力似乎又回到了老太太的身上。其实，那些“理由”都是兄妹几个人“编”出来的，事实上，他们并不需要老太太再为他们做什么了，但他们要让老太太感到，他们还像以前一样依赖她，需要她，离不开她。而这，也正是老太太所需要的。

被依赖，被需要，那是天下的老父亲老母亲，最大的支柱和安慰啊。

每天捡一千个球

星期天，送儿子去少年宫学英语。离家远，我就在附近转转，等儿子放学了，再一起回家。

偌大的少年宫，办了很多培训班，没事，我就四处闲转转。听到三楼有一个教室，传来乒乒乓乓的声音，似是有人在打乒乓球。遂上去看看。

门虚掩着。推门进去，果然看见一个穿着运动服的中年男子，样子看起来像个教练，在和一个戴着眼镜的小姑娘打球。中年男子的身后，放着一个盛球的盆子，里面堆满了乒乓球。男子熟练地拿起一只球，正手发球，对面的小姑娘紧张地接球，男子再反打回来，慌乱的小姑娘没接住，球飞到了半空，蹦跳了几下后，停在了墙角。看得出，小姑娘的球技很差，根本不是中年男子的对手。中年男子紧接着又从身后的盆子里，拿起一只球，快速发了过来。小姑娘忙着接球。

这时，一个有点臃肿的身影，从一侧颠颠地跑了出来，绕到小姑娘的身后，弯腰将落在墙角的乒乓球，捡了起来，返身放进了另一个盆子里。盆子里已经放进了几十只球。刚进来的时候，还真没注意到她，一个有点发胖的妇女。等我将目光从妇女的身上移到球台上的时候，小姑娘又一次没接着男子发过来的球，球在空中划了一道曲线后，蹦到了门边。妇女喘口气，又赶紧跑到门边，去捉还在地上蹦跳的乒乓球，球很不听话，继续弹跳着，妇女双手并用，这才像笨脚的猫捉老鼠一样，总算将球扑住了。

中年男子继续和小姑娘打球。都是男子发球，小姑娘接。说实话，小姑娘的球打得真是太糟糕了。小姑娘大约十一二岁的样子，以她这个年龄，这么差的水平，根本就没有任何可塑性了，为什么还要进行这样的训练呢？我有点纳闷，反正也没什么事，就继续看下去。

球总是打不过一二手，就打飞了，小姑娘根本接不住球。奇怪的是，每次男子发球的时候，却总是又快又狠，球速很快，好像成心不让小姑娘接住似的。眼镜片后，小姑娘的眼睛，紧盯着男子发出的球，滴溜溜地跟着在空中旋转，然后手忙脚乱地去接。可怜的小姑娘，累得满头大汗。同样满头大汗的，还有在一边忙着捡球的妇女，也真是太难为她了，胖胖的身躯，一次次吃力地弯下，一次次地跟着还在蹦跳的球扑捉。

很快，男子身后盆子里的球，都打光了。男子示意小姑娘休息一下，小姑娘一脸汗水，跑去上厕所了。我问站在墙边的妇女，是你女儿？妇女点点头。我忍不住好奇，又问她，女儿喜欢乒乓球？妇女笑着摇摇头。不喜欢，又打得不怎么好，为什么还要……？

妇女看出了我的疑惑，叹了口气，没办法啊。女儿这两年的视力下降得太快，半年前配的眼镜，才 150°，这学期一开学，又看不清黑板了，去医院一检查，不得了，左眼 280°，右眼 310°。医生说了，女儿正是长身体的时候，如果再不注意的话，视力还会急剧下降。听说打乒乓球时眼球会随着乒乓球快速移动，可以锻炼眼球，起到阻止视力进一步下降的作用，所以，我就给女儿报了这个乒乓球培训班，每天来练一个小时。妇女指着门外的男子说，教练规定了，每次十五盆球，每盆七十个球，五盆练正手，五盆练反手，而后再对攻五盆。为了节省捡球的时间，所以，我就每次帮着他们捡球。

说到这里，妇女自嘲地指指自己的肚子说，你看我这么胖，平时又没什么锻炼，所以，捡个球都累成了这样，真是没用啊。我惊讶不已，那你每天不是得捡上千只球啊。妇女点点头，差不多吧，倒也没啥，只是希望女儿的眼睛能好一点。

正说着话，小姑娘跑回来了，教练也跟了进来。训练继续。黄色的乒乓球，在空中飞来飞去，小姑娘的眼睛，也随着球飞来飞去。而每次球一落下，妇女就连忙颠颠地跑过去。

我轻轻掩上门，走了出来。走廊的尽头，坐着一群中年或老年男女，我知道，他们都是和我、和捡球的妇女一样，来陪伴自己的孩子的。这里有我们的希望呢。

我是你的拐杖，你是我的眼睛

这是一个苦难的家庭。儿子四岁时，得了骨髓炎，家里花光了所有的积蓄，也没能治好，最后失去了一条腿，成了残疾人；祸不单行，父亲为筹措儿子的医药费，四处打工，在一家小铁矿厂挖矿，一次放炮炸矿石时，发生意外事故，三名工友被炸身亡，溅起的石渣将他的双眼眼球砸破，导致双目失明。这个本来就一贫如洗的家庭，从此陷入更深的绝境，家里唯一的经济来源，是母亲一个人艰难耕种的几亩庄稼。

儿子七岁时，村里同龄的孩子都高高兴兴背着书包上学了，儿子也嚷着要读书。母亲哭着对儿子说，学校离家六七里山路，你一条腿怎么走去啊，我要忙地里的活，没有时间送你；爸爸的双眼又瞎了，成了废人，更没办法送你啊。父亲无奈地对儿子说，等你长大了，送你去学门手艺，养活自己。可是，倔强的儿子坚持要上学，儿子说，我将来要考上大学，挣钱养活你们。儿子哭得很伤心。想了想，父亲说，那我每天送你去。

从那天开始，每天，在崇山峻岭的大山里，都会出现这样两个身影：瘸着腿的孩子，一只手拉着双目失明的父亲的手，两个人，艰难地行走在盘曲的山路上。

父亲一只手，紧紧地拽着儿子的小手，用劲往上提，他知道这样能让只有一条腿的儿子，走起来稍稍轻松些；看到路上有沟沟坎坎，儿子就会提醒父亲，沟有多宽多深，好让他准确跳过去。父亲是儿子的拐杖，儿子是父亲的眼睛。

最困难的是雨天，山路又陡又滑，一不小心，就会摔倒。父亲戴着斗笠，穿着很大的雨披，将儿子紧紧地夹在腋下，像母鸡呵护小鸡崽一样。有一次，雨很大，儿子没留意脚下的一块石头，父亲一个趔趄，跌倒在地，儿子也跟着摔倒了，两个人在雨水里，滚成了泥猴。父亲爬了起来，循着声音摸到了儿子，将儿子扶了起来。父亲问儿子，痛吗？儿子咬着牙说，不痛。漫天的雨中，父子俩艰难地向学校方向赶去。

春天的时候，儿子会告诉父亲，山花都开了，真好看。是吗？父亲狠狠地吸了下鼻子，我闻到了，山花可真香啊。父亲有时也会突然停下来，问儿子，你听到山雀的歌声了吗？儿子竖起耳朵，我听到了，山雀的声音真好听。父子俩，咯咯地笑起来。笑声在山谷里回荡，传出很远，很远。

将儿子送到学校后，父亲就坐在学校附近的小卖部门口，他要等儿子放学，再和儿子一起，互相搀扶着，回家。

他们就这样，艰难地走在这条山路上，一走，走了五年多。如今，儿子已经上小学六年级了，他的成绩一直名列前茅。儿子也已经长高了，他不再需要父亲拉着他的手，而是将一只手搭在父亲的肩膀上，那是他最牢靠的拐杖。

一天，儿子告诉父亲，如果考上县中的话，就可以住校了，你就不用每天这样辛苦地送我了。父亲的肩膀轻微地颤了一下，他知道，儿子已渐渐长大，也许，总有一天，他不再需要这根拐杖了，他将用一条腿，走自己的人生道路。儿子搭在父亲肩膀上的手，感觉到了父亲的颤动，他的眼里，涌出一股热泪，父亲看不到这一切。

我在报纸上读到了他们的故事。人生有太多的苦难：无法看见这个世界，是痛苦的；只能用一条腿支撑人生，是不幸的。可是，如果你看不见这个世界，却有一双陪伴你的眼睛，如果你行走艰难，却有一根拐杖让你搀扶，苦难的人生便不再孤独。

生命朗读

一位读者，将一麻袋信送到了报社，这是他从路上捡到的。都是旧信，保护得很好，不像是被抛弃的，他估计是谁搬家路上，不小心丢失的，因此送到报社，希望通过我们找到失主。

我当着这位读者的面，打开了麻袋。果然全是旧信，很多纸已经泛黄了。从信封上的收信人姓名来看，应该是一男一女，是两个人互写给对方的信。寄给对方的信能合在一起，说明他们最终走到了一个屋檐下。随便翻看了下邮戳，都是三十多年前的。既然被保存这么久，可见这些信对两个人都很重要。那怎么会丢失呢？又上哪儿去寻找他们呢？

我们从信封上的地址入手，以为很好找，可是一查，两个人信封上的单位，因为种种原因，都不存在了。两个人不知去向。也许，从信的内容可以找到线索？我们犹豫了半天，最后还是决定，为了尽快找到这些信的主人，我们就

"偷窥"一回。

打开一封，是男的写给女的。"某某同志，您好！"我们一看，就笑了，很显然，写这封信的时候，两个人还处在很客气的初级阶段。信里的内容，都是一些很琐碎的事情，但从字里行间可以看出，他对她已经心生情愫。有意思的是结尾，括号里有一句话，"信没来得及打草稿，请原谅。"看来他的很多信，都像写作文一样，打了一遍又一遍草稿的。

再打开一封，还是男的写给女的。"某，你好！"从称呼可以猜出，这应该是热恋中的一封信了。"昨天在车站一别，依依不舍、难于分手的情景，时时浮现在我的眼前。我不知道，怎样才能做到不想念你，这太难了，真的太难了。"信的结尾，又是一个括号："天冷了，千万千万保重好自己！"

在一封女的写给男的信中，我们惊喜地发现，她和他约好星期天见面，并告诉了自己家的住址。我们喜出望外。通过这个住址，我们终于找到了她的年迈的父母。

几经辗转，我们总算找到了他们的家。开门的是个中年妇女，很憔悴的样子。

看到我们搬上来的信，她愣愣地站在一旁，眼眶慢慢湿了，声音哽咽地向我们连声表示感谢。她打开麻袋，一封封摩挲着，说，这些信，都是她和丈夫以前谈恋爱时写的，你写一封，我回一封。他写给她的每一封信，她都小心翼翼地保存了下来，后来她才知道，他也将她写给他的每一封信，保存了下来。结婚之后，两个人将信件保存在了一起。

她告诉我们，这些年，两个人的单位都不景气，所以，生活很艰难，经常搬家，不过，不管搬到哪儿，这些信他们都像宝贝一样，带在身边。这一次，因为房子拆迁，他们不得不又一次搬家，没想到搬家路上，她只顾着照顾他，不慎将装信的麻袋，弄丢了。她循着搬家的路线发了疯一样四处寻找，却一无所获，她绝望地想，信一定被人当作废纸，扔了，烧了，她再也见不到这些信了。忽然，她难为情地低下头，我和他在一起这么多年，除了儿子，就是这些信了。

原来是这样。事情到这一步，我们都长吁了口气。很显然，这是一个老式的爱情故事，在我们的父辈那一代，很多人的家中，都保留着类似的信件，那是他们青春的印记。

这时候，她的儿子听说我们找到并送回了父母的信，匆匆赶了回来。在向我们表示过感谢后，他迫不及待地挑出几封信，搀着母亲，走进了卧室。

“某，昨天送你回家后，我在你家楼下，又转了半个多小时，直到你的窗户灯灭了。”是个浑厚的男声，“我一点也不觉得累，真的。我多么希望早一天，和你共建一个我们自己的家啊！”

“某，你怎么那么傻呢。”是她的声音，有点苍老，“其实，我也早知道，每次你送我回家后，都会在楼下赖着不肯走，所以，我都会早一点关灯。你知道吗？”

“某，天又冷了，我给你买的新衣服，不要舍不得穿。”男的声音。

“某，晚上加班下班后，一定要记得吃点东西，你的胃不好，为了我们的未来，你要保护好自己的身体。”女的声音。

我们有点尴尬地等在外面，不知道里面是谁跟谁在说话。

过了一会儿，儿子走了出来。儿子告诉我们，他和妈妈刚刚读了以前爸爸和妈妈互相写的两封信。他说，爸爸两年前，为了多挣点钱，给他交学费，在工地打工，不小心摔了下来，命是保住了，却成了植物人。两年多来，为了唤醒爸爸，他和妈妈每天都读两封他们的信，妈妈读自己写给爸爸的，他读爸爸写给妈妈的。他坚信，爸爸一定会听见。这次因为搬家丢了信，已经有两天没给爸爸读信了。所以，刚才有点失礼，急匆匆先给爸爸读信。

望着这个贫穷的家，麻袋里散落的信，忽然觉得，有一股暖流在心中涌起，我相信，平凡的爱，同样会温暖我们一生。

总是站起来的那个人

一家人围坐在餐桌旁，吃饭。

母亲是最后一个坐上桌的，她总是最后一个才上桌。忙好了饭菜，又将饭菜一碗碗端上桌，连筷子都摆好了，这才高声喊我们："开饭了！"于是，一家人从各自的房间里走出来，围坐在餐桌旁，一边吃着热乎乎的饭菜，一边开始聊一些五花八门的话题。

我们习惯了这样的生活，这样的生活已经持续了几十年，好像与生俱来就是这样的。

话题是聊不完的。儿子在学校里的新鲜事；妻子单位里的同事哪个又结婚了，哪个又离了；妹妹的生意，永远像股市一样波澜壮阔；我的写作进度，还是像老驴拉磨……在所有人中，儿子抛出的话题，常常获得最高的关注；难得发言的是母亲，她端着饭碗，眼睛盯着讲话的人，似乎插不上一句嘴。

忽然有人喊，汤勺呢？闻声一看，鸡汤盆里，漂浮着缕缕香气，却没有汤勺。母亲赶紧放下饭碗，站起身，喃喃笑着说，你瞧我这个记性，又忘记拿汤勺了。样子像个犯了错误的孩子。母亲迈着碎步，走进厨房，拿来了汤勺。

大家继续吃饭。儿子突然一拍脑袋，给我们讲了一个班级里发生的笑话。笑话一点也不可笑，但我们大人们还是很配合地笑得前仰后合。

儿子高兴得手舞足蹈，不小心，筷子被碰落到了地上。儿子弯腰捡起筷子，我正准备让他自己去厨房再换一双筷子，母亲已经放下饭碗，站了起来，去厨房又拿了一双干净的筷子来，递给儿子。儿子接过筷子随口说了声谢谢奶奶。母亲笑得眼睛眯成了一条线，“这孩子，跟奶奶客气啥啊！”

大家埋头吃饭，谁搛起一口菜，嘀咕了声：“好像有点凉了。”

是啊，外面天寒地冻，这么冷的天，难怪饭菜吃着吃着，就凉掉了。

母亲放下饭碗，站起身，“我去热一下。”说着，端起两盆炒菜，走进了厨房。从厨房里传来“嗞拉”声。不一会儿，母亲就端着两盆热气腾腾的菜，回到了餐桌旁。

大家都将筷子伸向那两盆热菜，真好吃……

“丁铃铃！”突然，家里的电话，响起来了。我正准备起身去接，母亲已经站了起来，“你们快趁热吃饭，我去接电话。”

母亲的饭碗，搁在桌上，已经看不到一丝热气，估计吃了一半的饭，都凉透了。突然意识到，仅仅这一顿饭功夫，母亲就已经放下饭碗，站起来三四次。饭桌上，母亲就像时刻绷紧了弦的士兵一样，随时准备站起身来。

母亲一次次站起来，是想让我们其他人安安心心地吃顿饭啊。

如果留意一下，就会看出，其实在我们每个家庭的饭桌上，都有这样一个人：当厨房里的水烧开了，当菜凉了需要再热一下，当电话铃声响起，当谁需要餐具或调料……他（她）总是及时站起身来，去帮我们。这个人，如果不是我们的母亲，就一定是我们的父亲。

总是站起来的那个人，是用一辈子在呵护我们的亲人啊！

剪指甲

妈妈躺在破旧的靠椅上，睡着了。妈妈睡得可真香啊，连他不小心绊倒一个小板凳，都没有将她吵醒。很少看见妈妈这个时间睡觉，平时这个时间，她不是在家里洗洗刷刷，就是忙着准备晌午卖的菜。妈妈下岗之后，在菜市场租了个摊位卖菜，一早一晚赶两个集市。今天，也许她太累了，也许是准备工作都做好了，她少有地躺了下来，而且竟然睡着了。

这是个好机会。他拿着剪刀，蹑手蹑脚走到妈妈身边。妈妈的手，垂搭在椅背上，黑黑的指甲盖，显得特别刺眼。

就在前几天的家长会上，他刚刚被妈妈黑乎乎的指甲盖刺痛过一次。家长会那天，妈妈特地换了身干净的衣裳，这丝毫也没有减少她身上弥散的菜市场烂菜叶的气息，不过，他还是很感谢妈妈，他知道，妈妈难得穿得这么干净，就是为了不让他在同学面前丢脸，虽然说实话，他并不认为，妈妈在菜市场卖菜，有什么不光彩的。家长会上，家长和孩子们坐在一起，妈妈听得很认真，好几次，当老师念表扬名单时，妈妈的脸上，露出了灿烂的笑容。他偷偷瞟一眼妈妈，心里在说，儿子没让你失望吧？

家长会快结束的时候，老师给每位家长发了一张征询意见表，让家长填写。妈妈双手拿起表格，仔细地看起来。突然，他无意中看见了妈妈的双手，天啊，她的指甲盖，又长又黑，好像被墨汁染过一样。他的脸骤然涨得通红。他偷偷瞄瞄身边，小丫妈妈的手指，又细又长，白白嫩嫩，指甲盖上，还涂着好看的色彩；小军爸爸的手指，又肥又厚，很不好看，但是，指甲修剪得整整齐齐，一看就是个有教养的人；就连坐在前面小齐的奶奶，指甲也是修得干干净净。他不敢再看下去了。妈妈的指甲，特别是两个大拇指的指甲，那么黑，那么脏，那么难看，这让他无地自容，他怨恨地扫了妈妈一眼：儿子知道你很忙很累，可是，再忙再累，也不至于连剪个指甲的时间都没有啊。担心别的同学看到自己妈妈脏乎乎的手指甲，他几次示意妈妈将双手放下来，可是，妈妈似乎一点也不理解儿子的心思。没办法，他只好将身子夸张地往前趴，这样，至少能挡住一点别人的视线。

他不知道，那天的家长会上，有没有人注意到自己妈妈的指甲，但他打定了主意，等哪天找个机会，一定帮妈妈将那又长又脏又黑的指甲，剪了。

今天真是个好机会。妈妈睡着了，而且，双手就垂搭在椅背上，这样，剪起指甲来就省事了。

他轻轻地捧起妈妈的左手。很久没有拉过妈妈的手了，妈妈的手，粗糙，干涩，和记忆里妈妈的手，好像很不一样了。对，那时候，妈妈的手，也是保养得很好的，又白又软，细细长长，温温暖暖。他知道，妈妈是累的，苦的，手才变成这样的。他小心翼翼地用剪刀，将妈妈的指甲，一点点剪下来。为了不弄醒妈妈，他的每一个动作，都很轻柔。

很快，妈妈左手上最脏的大拇指指甲，剪好了，指甲根的肉芽，也被菜汁染得黑乎乎的。他想，等妈妈醒了，让她用肥皂好好洗洗，妈妈的指甲，就又干净漂亮了。这样想着，他继续往下剪。

谢天谢地，妈妈竟然毫无知觉。他想，妈妈真是太累了。

只剩下最后一个指甲了。这个指甲，好像被折断过，裂开了，还有斑斑干掉的血迹。他握紧剪刀，一用力。突然，妈妈的手指一哆嗦，醒了过来。难道剪到妈妈手指上的肉了？他吓得停住了手。妈妈惊讶地看着他，又看看自己的手指。妈妈什么都明白了。

他本来想等妈妈自然醒来，给她一个惊喜的，没想到功亏一篑，最后时刻把妈妈弄醒了。他握着剪刀，笑盈盈地看着妈妈。妈妈一定会疼爱地看着自己，表扬一下的。他等待着。

“啪！”妈妈一巴掌打在他的手上，“谁让你把我的指甲都剪了？”

他绝没有想到，妈妈会打他。他惊愕而委屈地看着妈妈。

妈妈愠怒地盯着他。他紧咬着嘴唇，眼泪在眼眶里打转。

妈妈一把将他搂进怀里："对不起，妈妈不该打你。可是，傻儿子，妈妈留着指甲，是用来剥毛豆的。你知道吗，卖一斤剥好的毛豆米，比卖一斤毛豆壳，能多赚两元钱呢。你把妈妈的指甲剪了，妈妈还怎么剥毛豆啊？"

他抱住妈妈，眼泪哗哗地流了出来。

那天，他第一次陪妈妈去菜市场，帮她卖菜。他拿了一个盆子，蹲在地上，剥毛豆，没剥几颗，他的指甲盖里，就塞满了毛豆皮，变得绿乎乎的。而且，因为他的指甲很短，剥毛豆很疼。妈妈几次心疼地看着他，让他别剥了，他不肯停下来。

又有人来买菜了，妈妈微笑地忙碌着。他剥着毛豆，偶尔抬起头，偷偷地看一眼妈妈的双手。妈妈的指甲，被他剪得整整齐齐，妈妈的手，真的很好看呢。

图书馆外的等待

去图书馆还书。

烈日当头，从单位到图书馆虽不过百米远，也走得满头大汗。

走近图书馆大门，立即感到丝丝凉气扑面而来，与门外的热浪形成拉锯战。难怪很多人整天窝在图书馆里，既看书，又避暑，何乐而不为？

正要走进去，忽听有人喊我的名字。回头一看，图书馆楼前的树阴下，站着一个似乎熟悉的影子，细看，认出来了，不是二虎吗。二虎是我老家隔壁村庄的，也是我小学时的同学，早几年就来城里打工了，做架子工，从一个工地，到另一个工地。一次，二虎上我们家玩，一走进小区，二虎就激动不已，原来，我们那个小区，也是二虎他们做的。二虎感慨说，亲切。也不知道是因为我住这呢，还是因为这里曾经洒过他的汗水？

我迎过去，问二虎，在这干啥呢？

二虎提提手里拎着的饭盒，给娃送午饭呢。这小子今天一定是看书看糊涂了，忘记时间了，到现在也没出来。

一放暑假，二虎就将儿子从老家接了过来，父子俩快两年没见面了。二虎用手撸撸头上的汗，说，这几天太阳太辣，我租的那个棚子跟火炉似的，实在待不下去了，我就想了个主意，让娃每天到图书馆来看看书，中午我从工地食堂打好饭，给他送来。说好了十二点准时在门口见面的，这小子到现在还没出来，我都等他半个小时了。

听明白了他的意思。每天把儿子送到图书馆来，这倒是个不错的主意。图书馆为了方便市民阅读，很多阅览室是免费开放的，连借书证都不需要。二虎的儿子上小学了，听说成绩不大好，正好趁这个暑假，在图书馆里充充电，在我们老家的山沟沟里，哪有这么好的条件啊。我问二虎，那你怎么不进去找他呢？

二虎不好意思地低下了头，你看我这个样子，进去不大好呢。每次我都是在外面等儿子的。这才注意他的穿着，脖子上挂个安全帽，脸晒得黑得发紫；衬衫破了几个洞，沾满了灰尘和干涸的水泥，已经看不出当初的颜色；脚上穿着一双如今很难见到的解放鞋，鞋帮子都撑开了……也是，他这个形象，确实与图书馆的氛围不大协调。而我印象里的二虎同学，是天不怕地不怕的，在我们那拨小学同学中，他曾经被公认是见过大市面的。

二虎看看我手里的书，喏喏地问，你是要进去吧？如果看见我家小子，帮我喊声，告诉他我在门口等他呢，好不好？我还要急着赶回工地呢。

我点点头，答应先进去帮他找儿子。二虎的儿子我见过，跟小时候的二虎一样，虎头虎脑。

在少儿阅览室，我找到了坐在角落里埋头翻杂志的二虎儿子，不知道为什么，在众多的城里孩子中，我一眼就看到了他，他的身上，带着山里孩子特有的气息。

我轻轻碰碰他，告诉他，爸爸在门外等你呢。

他似乎猛然醒悟过来，红着脸，向图书馆大门外跑去。

透过图书馆干净的落地玻璃，我看见二虎和他的儿子，蹲在树荫下，二虎打开塑料袋，拿出两个饭盒，递给儿子一个，自己拿一个，两个人埋头吃了起来。

我不知道是不是该走过去。我看见外面，炽热的阳光，照得人刺眼。而站在图书馆内，强大的冷气将我身上的暑气，一寸一寸逼退，真舒服啊。

二虎的儿子很快吃好了饭，向图书馆走来。二虎目送儿子跨进图书馆，然后，蹬上自行车，消失在正午白晃晃的阳光中。

二十六只蝴蝶

在欢快的婚礼进行曲中，一对新人，互相挽着手臂，向餐厅中央的舞台，缓缓走去。新娘是我的同事，我们有节奏地拍着手，给他们祝福。

这是一场普通的婚礼，按照既定的程序，往下进行。司仪请双方的父母，从席位上站起来，接受新人的叩拜。一对中年夫妇微笑地站了起来，他们是新郎的父母。“请新娘的父母亲也站起来，好吗？”司仪又喊了一声。人们将期待的目光，投向主桌。没有人站起来。司仪尴尬地和新娘耳语着什么。

新娘的脸通红，犹豫了一下，她从司仪手里拿过话筒，说，我的家乡远在几百公里之外的大山里，我的……我的父、父母因为身体不好，所以，没能来参加我的婚礼……

新娘进我们单位，已经三年多了，大家从来没有见到过她的家人，也没有听她自己谈起过老家的父母，倒是从其他同事口中，偶尔听到过一点关于她家的事情。她的父亲在她小时候就因病早逝，患有小儿麻痹症的母亲，靠在集镇上摆修鞋摊熬日子，苦苦地将她拉扯大。十八岁那年，她考取了大学，她是全村出的第一名大学生。就在她上大学后不久，却传来了一个让她无比震惊的消息，妈妈要和隔壁修自行车的老王头结婚了。老王头她是认识的，也是一个残疾人，对妈妈和她都很好，这些年给了她们很多照顾。她并不讨厌他，甚至还有一点点喜欢他。可是，让妈妈改嫁给他，这却是她无论如何也无法接受的。她不明白，妈妈拉扯着她，这么多年都熬下来了，为什么就不能再熬几年，等她大学毕业找到了工作，就将妈妈接到城里，一起过好日子？因此，她激烈地反对。一向温顺的母亲，第一次没有答应她的要求，坚决地和老王头生活到了一起。也就是从那天开始，她和母亲彻底决裂。她再也没有喊过一声妈妈。每学期放假的时候，她不是留在学校勤工俭学，就是回到爷爷奶奶家去。

大家都明白，新娘的父母之所以没来参加婚礼，多半是因为她根本就没打算让他们来。

这时候，新郎忽然从新娘手中拿过话筒。他注视着新娘，转身对大家说，我的岳父母没能来参加我们的婚礼，但他们送来了一件珍贵的礼物以及他们的祝福。

新娘惊诧地看着新郎。新郎笑笑，接着说，前几天，我一个人开车去你家了。请你原谅，我一直没有告诉你。新郎接着说，我的岳父母最近身体都不太好，经受不了长途奔波，所以，他们无法来参加我们的婚礼了。不过，在我临走前，他们送给了我一件非常非常珍贵的礼物。

有人托着一个竹篓一样的东西，走上舞台。竹篓外面，裹着一层鲜艳的红布。新郎轻轻地打开竹篓上的小门，忽然，从里面飞出一只彩色蝴蝶，在竹篓边盘旋了一圈，扇动着翅膀，向空中飞去。紧接着，又一只蝴蝶，飞了出来。第三只，第四只……

人群中爆发出阵阵惊呼声，太美了，太漂亮了！姑娘们尖叫着，几个调皮的小孩子跳起来，试图捉住空中的蝴蝶，蝴蝶振动翅膀，向更高的空中飞去。

新郎面对着新娘，说，这是我的岳父，一只只从村后的山坡上捉来的，每一只都有着不同的颜色。在我去之前，岳父就已经准备好了这些蝴蝶，一共二十六只，每一只代表我妻子的一岁。他们没有想到我会回去，所以，他们原准备在我们结婚这天，在家里放飞的。我告诉大家一个秘密，这是我的岳母告诉我的，我的妻子，她的小名就叫蝴蝶。她是群山里，最美丽的一只蝴蝶。

台下响起热烈的掌声以及玻璃酒杯碰撞的声音。不知道什么时候开始，新娘的脸上，挂满泪花。新郎用手绢，帮新娘轻轻擦拭。我还有一个请求，新郎说，我们将蜜月旅行取消掉。新娘不解地看着新郎。新郎继续说，去你家度蜜月，大山里的空气特别好，而且，我想和你一起去看看大山里的蝴蝶。新娘含着眼泪，点点头。

再次爆发热烈的掌声。司仪一把夺过话筒，请新人叩拜新郎的父母，还有远方新娘的父母……

有人打开酒店的窗户，蝴蝶一只接一只，向窗外飞去。

杨福成

1973年5月生于山东宁阳，1996年毕业于山东艺术学院，2013年结业于中国艺术研究院中国书法院。现为《读者》《格言》《百花园》签约作家，《齐鲁晚报》专栏作家，作品曾入选中考试卷、高中语文必修教材等。

比山还重的爱

在湖南台的“完美释放”节目中，他的故事让所有观众泪流满面。

牛仔帽，五分水洗牛仔裤，浓密的络腮胡子，古铜色肌肤，六块完美腹肌，在烈日下，青筋暴露地拉着板车。网络上爆出的一组武汉汉正街“板车哥”的照片，引来了无数网友的围观，大家都惊呼“型男在民间，完胜犀利哥”。然而，网友们不知道的是，比“板车哥”的体形更值得惊呼的，是隐藏在他背后的一段段感人故事。

“板车哥”名叫严家满，今年四十七岁，有两个女儿。1982 年他到武汉一家床单厂工作，本以为可以靠着微薄的工资养家糊口，不料 1994 年工厂倒闭了，之后他开过“麻木”，摆过地摊，送过牛奶，直到如今，他仍然坚持每天早上四点起床，挨家挨户地为定点居民们送上新鲜的牛奶。送完牛奶后，他便骑着自行车到物流公司拉货，有时候到晚上八点才能下班。

严家满说，遇到旺季，他每天拉货五六趟，每车的货物大概有一千斤，而他体重是七十公斤，他拉的货品约为他体重的七倍。

家里收入不多，要供两个女儿读书，学费每年加起来要一万多元。

为了省钱，严家满每天中饭只吃五到六个馒头，花费大约三元，早饭和晚饭都是在家吃，基本没有什么菜，肉就更少吃了，截止到去湖南台做节目的那天，他已经两周没有见过肉了。因为长期缺乏营养，正值“壮年”的他，所有的牙齿都过早地脱落了。

为了省钱，严家满经常光着膀子拉车，裤子和鞋子也都是捡来的，他说，他已经二十多年没有买过衣服了。

为了省钱，严家满把自己的一套一百多平方米的房子租了出去，现在他们一家四口住在一间三十平方米左右临时搭建的平房里，中间拉一个布帘。

生活虽然困难，但让严家满骄傲的是，两个女儿都已经上了大学。他很疼女儿，尽力让她们吃好穿好。

然而，更让人感动的是，在两个女儿当中，有一个是严家满捡来的。

1992年的一天，严家满在路上看到一个筐子，筐子里面装着一个小女孩，是别人丢弃的。他看孩子可怜，就抱回了家。但一个月后，妻子怀孕了，这样穷困的家庭是养不起两个孩子的，怎么办？他不能扔掉这个可怜的孩子，他要把她养大。于是，他就和妻子去医院，打掉了自己的孩子。

尽管后来，他们又有了自己的女儿，但一直，他偏爱这个大女儿，无论吃穿，姐姐总比妹妹的待遇要高，若两个女儿吵架，他首先责备的，一定是妹妹。

一直以来，两个女儿知道爸爸工作很辛苦，可她们怎么也没有想到竟然会是这么苦，像一头老牛，日复一日，年复一年地拉啊拉……因为，自己干的是什么活儿，严家满从未向她们提起过。

节目现场，嘉宾柳岩泣不成声，非要将自己做节目的三千元酬金捐给严家满。在再三推辞不下后，严家满说他先把这三千元钱收下，然后再将它捐给那些上不起学的孩子。

一个拉板车的平民百姓，将爱一次次演绎得感人肺腑。

在腾讯微博访谈现场，有网友问起严家满的愿望时，他说，只希望两个女儿早日成才，当进一步问到他时，他摇了摇头。大女儿快毕业了，打算考研，二女儿正在准备专升本，漫长的艰辛还摆在他面前。严家满说，今后不管多苦，自己就算拼了命也要供两个女儿读书。

人都说父爱如山，而严家满的爱，又何止如山啊？他的这般父爱，比山不知道要重多少！

母爱深深

经过七八年的艰辛打拼，阿东终于在父母和亲友的帮助下，买了一栋属于自己的房子。

因为七八年来，阿东在济南一直是租房居住，所以，这次要搬房子了，他就决定把那些破烂的家具该扔的扔，该卖的卖。可毕竟是破家值万贯，阿东的妈妈看看这也好，那也好，就是不愿意让儿子处理掉。

但老人怎么也当不了年轻人的家，最后，处理得只剩下一个八成新的煤球炉子了。阿东的妈妈说什么也要把它留下，她说她要带回老家去。

阿东的妈妈爱喝茶，她喜欢喝用煤球炉子烧水泡的茶。

老家的那个煤球炉子是十多年前买的，虽然还能用，但是不好封闭。买一个新的得花几十块钱，阿东的妈妈舍不得。所以，阿东的妈妈就决定把儿子这个煤球炉子搬回老家去。

刚开始，阿东不愿意，说一个炉子又值不了多少钱，这么大年纪带着它上车下车也不方便，再说，老家离下车的地方还有二三里地的土路，要想弄回家，真的是很麻烦。

阿东的妈妈说，儿子你放心就是了，我有办法，下了车，我就找个人用自行车或者三轮车什么的帮我捎回家就行了。

听了这，阿东才算同意了。

阿东搬完新家不久，他妈妈就带着那个煤球炉子回乡下了。

车到老家的时候，天都快黑了。

阿东的妈妈看看四周也没有人，就两手抱起这个炉子掂量了掂量，不沉，也就是二三十斤，这等着人来得到啥时候，还是我自己抱着回去吧。

刚开始觉得不沉，可阿东的妈怎么也是六十岁的人了，况且，以前还曾因为腰椎的毛病动过大手术，想要把这个煤球炉子搬回家，还真不那么容易。

走了一会儿，阿东的妈就大汗淋漓了。再走一会儿，她的手臂和两腿都发软了。可看看天越来越黑，她横下心，一定要把它搬回家。

大约过了两个多钟头，阿东的妈终于把这个煤球炉子搬到了家门口。

到了家门口，她一下子就瘫在了地上。

阿东的爸爸听到门口有动静，就急忙跑出来，一看是孩儿他妈，就赶快把她扶进了屋里，并一个劲儿地埋怨她怎么也不让人捎个信，好到下车的地方接她……

可能是因为劳累过度，阿东他妈的老毛病又犯了。

当天晚上，阿东的妈妈没吃没喝，只是在床上躺着，翻来覆去的，也没有睡着。第二天，她就浑身疼痛，背部更是明显。到了第三天，阿东的妈妈就不能下床了，只是躺在床上，吃饭洗脸，都得靠阿东的爸侍候。

看阿东的妈的病情一天比一天严重，阿东的爸爸就想带着她到泰安或者是济南的大医院看一看。可阿东的妈妈说什么也不同意，因为她知道，钱紧哪。

本来，家底子就薄，这几年略微有点积蓄，都已经全部折腾给儿子买房了，儿子也借了七八万块钱的账，如果这次再动手术，可真是要命呀！

邻居们知道阿东的妈妈又犯了老毛病，都来看望她。

阿东的妈妈见人来了，就一个劲儿地招呼阿东的爸爸烧水沏茶。

邻居们喝了阿东他爸爸泡的茶水，都一个劲儿地说，这茶叶真好。阿东的妈妈听到邻居们夸茶叶好，就搭话了，说，这哪是茶叶好呀，这是用济南我儿子的煤球炉子烧的水，能不好喝吗？

乡亲们听了都说，是是是，还是大城市的东西好，这煤球炉子烧出来的水都不一样。

那是，那是，阿东的妈妈继续说，我儿子在济南都是用它烧趵突泉的水，那才好喝呢！

……

邻居们都走了，阿东的妈妈疼痛地从床上欠欠身子，看着那个烧得正旺的煤球炉子，幸福地笑了……

一路开花

本名李兴海，云南宣威人，《读者》《青年文摘》等期刊签约作家，《语文报》《疯狂阅读》等媒体专栏作家。有多篇文章被选为中考、高考语文阅读试题。已出版《你若安好》《原谅我不懂你的心》《总有些青春要辜负》等十五部作品，主编图书百余本。

路过妈妈的味道

儿子打来电话的时候，她正在阳台上择两棵蔫了大半的白菜。

儿子说，公司安排他去北京见几个客户谈个项目，列车下午四点刚好要路过小镇，停车十分钟。

她高兴坏了，握电话的右手有些微微颤抖。她抬头看看墙上的挂钟，刚好是下午一点二十。儿子说火车只是停一下，很快就开。她不管，她执意要见见儿子。

儿子成家在外，两年才回来一次。

她骑着丁铃当啷的自行车从城北跑到城南，买了一把最新鲜的豆角，又从城南跑到城西称了两斤刚上板的五花肉。她只想赶在四点前给儿子做好一罐他最爱吃的干煸豆角。

厨房的玻璃罐子有点小，她又去楼下的杂货铺现买了一个。

可惜，越是赶时间，就越是出乱子。菜刚做到一半，煤气就无缘无故断了。

她按着煤气瓶子的阀门拧来拧去都不奏效，急坏了。打电话让煤气公司送，显然已经来不及。

她厚着脸皮找隔壁那位吵过架的张大妈借煤气，张大妈告诉她一个法子，煤气要是没了，那就把瓶子横放在地上，这样，还能再炒两个菜。

她赶紧按照张大妈说的做了，结果还挺管用。她一边炒，一边看表。她像车站的值班信号员一样，得把每一分钟都掐好。

菜有点多，装不完，她想了想，索性把装进玻璃瓶的干煸豆角倒出一半，然后再用筷子把锅里的肉一块块挑出来放进去。

她抱着瓶子匆匆下楼的时候，对面公园的塔钟刚好整点报时。她忽然想起，家里墙上的挂钟到了三点半之后好像就再也没动过。

她三步两步下楼，幸好小区门口有载客的摩托车。她还没坐上，就嚷嚷着喊开了，火车站火车站！快！快！快！！！

大风从耳边呼啸而过，她觉得热，心里像揣了一只受惊的兔子，一张嘴，似乎就要从嗓子眼里跳出来。她想儿子。

到了车站，她抱着玻璃瓶就往进站口冲。检票的工作人员说，开车前五分钟停止检票，不能上车。

她一下子就哭了。她不知道该怎么办，她抱着玻璃瓶只想进去，她只想看看儿子。

工作人员于心不忍，开了门。

儿子站在车厢门口说，妈，我是去见客户，不是去旅游，您说带这些东西合适吗？

火车呜呜鸣笛，列车员啪啦一声将车门关上了。

为了这个合同，儿子穿得特别正式。儿子提着那个吊着红色网兜的玻璃瓶，觉得放哪儿都不合适。

儿子打开手机上网，看到微博里有人转发一道趣味计算题，如果你在外地工作，一年只回家一次，按照人的正常寿命七十年来算，这辈子你还可以见母亲多少次？

儿子有点难过，儿子低头想了想，刚要给母亲打电话就哭了。因为对面那个小男孩正在歪着脑袋写作文，他的作文题目是《妈妈的味道》。

路是母亲思儿的孤独

从滇北到黔南，一路都是绵延起伏的高山。山中有村，村中有树，树间有路。

那是我每年赶着冬雪回家的必经之路。从这条群山环抱的小路一直北往，便可遥望我朝思暮想的故乡。

故乡静默在云贵高原的东北面，像一尊千古不化的石雕，守护这片安详乐土。

十七岁毕业，十八岁离家外出游学，至今已有整整七年。坐在湘西的乌篷船上，故乡的路，越发使我觉得亲切而遥远。

高原多山少水。因此，自小便对那广袤无边的水域有着神秘而无法言明的渴望。也是因为这般缘故，外出游学时，便铁定了心要往祖国的东面跑。目的，也不过是为了看看那呼啸奔涌的大海。

不见时觉得神秘，见了，反倒感念起故乡的好来。每每想起故乡，首先在脑海中浮现的，便是那蜿蜒曲折的树间小路。

小路两旁的树木终年互拥，葳蕤常绿，把空气都笼罩得越发清凉。那透骨的凉意，即便在三伏烈夏，也丝毫不减。

中学时，母亲常常站在这条铺满青苔的小路上等我。她晃着臃肿的身子，骑着一辆叮叮当当的三轮车，立在斑驳的夕阳中，一动不动地看着来路。

可惜，那时年少轻狂的我，并不曾觉察到她的真正用意。

很多时候，我都是骑着那辆火红色的牛头赛车，急急奔入她的眼帘，而后，未等她眼中的欣喜全然退却，又急急地消失于她的视线。

她极少喊我。她任凭我载着青春的叛逆与张狂，抛下她，大步流星地朝前而去。

许多年后，坐在湘西的乌篷船上，想起故乡的路，才忽然想起她的艰难。那时父亲刚走，生活所有的重担都压在她的肩上。可毕竟，她是个妇道人家。而南陲边塞，又多有鬼怪神异的传闻。夕阳晚照，夜幕即临，她自是不敢独回，才总在那条必经的小路上等我。

可谁能料到？她的大儿子，并不能领会她的用意，竟将孤身无助的她，遥遥抛在树林间的夕阳小路上。

外出游学之后，每年春节回家，她还是会在那条熟悉的小路上等我。仍旧骑着破旧的三轮车，仍旧一动不动，仍旧静默得如同一尊泥塑。

只是，这时的我已然懂了。我会远远地，喊她一声，而后，飞快地奔至她的跟前，让她仔细地看看我，摸摸我。她知道，她拗不过我的倔强，只好慢悠悠地爬进车兜里去，让我把她载回家。

偶尔，她的眼中会泛出一道晶亮的光。我不忍看，只好牢牢凝视前方这条青苔累累的小路。

去年，滇北大雪，赶极远的路回家。她仍然立在那条寒凉的小路上等我。呼啸的风和漫天的雪，似要将越发臃肿的她一并卷进岁月的深沟里去。

于是，我又懂了。这条回家的路，早就写满了母亲思儿的孤独。

爱你，是此生最无悔的事

她是他的母亲。

他并不爱她。为此，他给我写过好几封信。信的背面，他画了一张她的肖像，然后在上面打满了血红色的 ×。他说，× 有多少，他的恨就有多少。

也难怪，十六七岁的年纪。

他喜欢画画，从信纸背面的肖像来看，他的功底应该不错。素描的线条，人体五官的比例，阴暗部分的勾勒，都显得比较成熟。然而，她并不同意他走美术这条路。

他的父亲是个流浪画家。他只是听说，没见过。因为在他很小的时候，他父亲就远走高飞了。他一直觉得，是母亲心里有个人偏见，所以连带着把一切热爱美术的人都给恨了。

他说，她并不忠贞。她带着他，另外嫁过三个男人。一个是小学老师，一个是建筑老板，一个是个体商户。这些男人什么样子，什么名字，什么住址，他都记得清清楚楚。因为这些真实的经历，长嘴泼妇们才捏造了无数恶毒的流言蜚语。他就是在这些流言蜚语中慢慢长大的。他说，这些就是她给他的耻辱和伤害。

嫁第一个男人的时候，她让他叫那个男人爸爸。他不叫，她就狠狠打他，不给饭吃，也不和他说话。

那时他还小，怕失去她，所以他最后妥协了。他叫那个男人爸爸。他以为，他的妥协就可以换来永久的安定和幸福。岂料，没过几年，这个男人就把她给抛弃了。他们被扫地出门，狼狈不堪。

后来，她跟了一个建筑老板。没名没分，只是，老板经常给她钱。他知道，他亲眼见过几次。不过，这个建筑老板对他也不错，他跟着这个老板，终于过了几年舒坦日子。她不让他叫这个老板为爸爸，当然，这个老板也从来没有这样要求过。

他们像一纸契约的关系，时间到了，薪酬付了，便各奔东西，再不相识。

老板给了她一笔钱，之后，就带着手下的一批人去了上海。听人说，那几年在上海炒房地产特别赚钱。他不知道，他那时还小。他只知道，她和他又要开始另谋他处了。

他觉得自己像是一个可怜的寄生虫。

他很羡慕同班的一个胖小子。家里虽然很穷，父母都在菜市场卖臭豆腐，但一家人其乐融融，很是美满。

下大雨了，胖子他爸会骑着丁铃当啷的三轮摩托在校门口等；考倒数了，胖子他妈也只是微笑着说一句，儿子，下次好好努力哦……

他从心眼里羡慕这样的生活。他不求富贵，不求体面。但这样的小小愿望，她都满足不了。他真的恨她。

后来，他长大了，有了自己的爱情和婚姻，但生活的波折并没有因此而消停。婚后不到一年，他和妻子离婚了。经历过爱情和婚姻的伤痛，他忽然开始理解她当年的困苦处境。

一个根本没有一技之长的女人带着一个孩子，要如何才能让孩子活得有保障，要如何才能继续生存？她也想一次定终身，但命运始终捉弄，她只能默默忍受。爱情和命运给了她无尽的伤害，但她却从来没有想过丢下他不管。

后来，他再给我写信的时候，已经回南方找到了她。她孤寡重病，无依无靠。我问他为什么选择回去。他说，好后悔，但时间已经不会给他机会，他现在真的很想好好爱她。

生命中的唠叨和安静

成年后，她留在老家，我在外地工作。结了婚，更是难得回去。她偶尔会给我电话，问我是不是很忙，身体是否安好。

我们的讲话往往简短而又仓促。我说忙，很忙，做不完的事。她说歇歇吧，我说倒是想，但是谁帮我养老婆孩子。

这个时候，她会顷刻变得很安静。她知道成年后的儿子很多时候是身不由己的。他长大了，得去承担一个丈夫和一个父亲的责任。

她种着两亩地和三分田。我说不种了，我养你。她笑笑，收了我给的钱，然后继续种她的地。

早年时候，为了供我念书，她累出了一身的病。腰椎至今未愈。开了很多方子，吃了很多药，均不奏效。旧患沉积。我偶尔心疼，会责备她，像她当年责备我一样。她不说话，耐心听着我发牢骚。许久之后，才安慰我说，她还年轻，还能做些活计，不想成为我的负担。

上了年岁，她打电话的次数逐日增多。她常常想不起自己要说什么，埋怨几句，匆匆挂断，不多一会儿又打过来。

久了，我失去耐性，会说她几句。她像个犯错受了打的孩子，觉得委屈，几天都不理我。但母子终究是不记仇的。几天后，她消了气，又给我打电话。我们从来不说再见，母子之间，不需那样的礼仪和习惯。

她经常会在挂电话之前想起些什么，然后用方言哇哇地喊，等等！等等！有时我没听见，挂断了，她也就不说了。

后来工作轻松些了，她会问我什么时候回来，确定好时间，便开始掐着日子盘算。倒计时只有三天两天的时候，她会着急，她不知道该给儿子做点什么。难得回来一次，不能老吃以前吃过的菜。

她耗尽心思，弄了满满一桌菜。她胃口不好，吃不下多少。一顿饭，光顾着给我盛菜添饭。有时火车晚点，她会焦急地站在门口到处看。

来晚了，菜凉了，她慌慌张张地给我全热一遍，拉都拉不住。

尤其这些年电视上老曝光这样那样的食品问题，她更担心了，她觉得儿子所在的城市连吃饭都充满危机。因此，她就更想给儿子做顿好饭了。

很久没接到她的电话，打过去，一听声音就知道是病了。虽然她一直在笑，但儿子是她身上的一块肉，怎会不知她的疼痛？

城南新建小区，价格合适，想买，但首付还差好几万。无意跟她说起这个事情，她说她有，这些年我给她的钱都存下了，没地方花，吃的喝的，田地里也都有。

跟妻子商议许久，觉得这钱不管怎样都不能要。她急了，我不理，急了我也不告诉她卡号。

两天后，接到她的电话，说到了，让我去车站接她。我丢下工作，心急火燎地去。

她站在人群里，紧紧地抱着怀里的帆布小包。一见到我，就把包递给我说，儿子，快去交钱吧，都在这儿呢！

她不知道自己的银行卡在全国都可以取钱。她怕丢，从早到晚都死死抱着，两天一夜没合眼。在出租车上听她唾沫横飞地说第一次坐火车的经历，我把头伸出窗外，任凭眼泪噼里啪啦地往大风里飘。

没住几天，她就回去了，说这里什么都贵。回去之后，她仍然给我电话。偶然唠叨，偶尔安静。只是，我忽然不想买房，想回家了。因为自从她走后，我一躺下就想起她那双布满血丝的双眼，还有她在饭桌上说的那句话。

她说，儿子，妈总算帮上你了。

也许，你已经原谅我了吧

给我写信的时候，他还小，十五六岁，懵懂得像朵含苞的蓓蕾。照片里，披着染黄的头发，叼着根劣质香烟。

他说他跟他爸闹翻了，没什么去处，而我是他最喜欢的作家，他只想来看看我，于是问我从湖北武汉到云南宣威的具体路线怎么走。

他在信中把所有心里的委屈都痛陈了一遍。

他喜欢上一个女孩，煎熬了很久，终于决定给她写封情书。无奈，这封情书半道就被教导主任劫走了。

跟所有坏学生的下场一样，他不但被通报批评，还被叫了家长。

那封热辣辣的情书几经波折，最后交到了他爸手里。

他爸气得差点没昏过去。因为教导主任说，一个连情书都要写错别字的学生，简直就是无可救药了。

他爸当着所有老师的面给了他三个耳光。他一个一个都记在心里。

那女孩原本和他虽不熟络，但起码不至于讨厌，见面还会打个招呼，说几句话。可这件事情之后，学校里到处都是他俩的流言蜚语。为了划清界限，她对他变得冷若冰霜，置若罔闻。

生活总是充满戏剧。就在他觉得沮丧颓败的时候，忽然接到了后排女生的告白信。

这封迟来的告白信，对于此刻的他来说，无异于雪中送炭。他坐在空荡荡的教室里，一遍遍问，原来我也有人喜欢?

这位后来的女生样貌平平，却对他关怀备至。给他送英语笔记，帮他补习功课，甚至，在他打篮球崴到脚的时候，屈身帮他洗脚揉药。

他从来没有感受过这样的温柔。他开始喜欢她，依赖她，想和她手牵手，走更远的路。

然而，事情同样败露。为了让这个善良的后排女生不受任何负面的伤害，他独立担起了一切责任。他说是他先追的她。

他爸又被教导主任叫到学校。这次，他爸没有打他，只是说了一句特别伤人的话。他爸说，老师，他爱怎么样就怎么样吧，既然管不了，就让他自生自灭吧。

当夜，他哭了好久。他给他爸写了一封断绝信，放在卧室的书桌上。而后，他把该带的衣物都塞进偌大的背包里，决定从此浪迹江湖，逍遥度世。

他也许没有收到我的回信，也许，是收到得太晚。

去武汉做演讲的时候，他来听，问我还记不记得他的名字，他说曾经给我写过很长的一封信。这时，他已经二十一岁。

聊起他的父亲，他眼睛里一片浪潮。他说得不多，但整个人显得冷静而又内敛，与当年暴躁的他，判若两人。

他当年离家之后，他爸为了找他，几天几夜，走街串巷，最后在小胡同里遇到一群抢劫的流氓，挨了两刀，废了右手。

我拍拍他的肩膀安慰他说，过去了，都过去了。等他走后，我却忽然想起很多自己做过的傻事。我急急给母亲打了个电话。

我说，妈，那些我轻狂叛逆时所犯下的错，你都已经原谅了吧？

查一路

安徽怀宁人，专栏作家，畅销书作家，高校副教授，《读者》等期刊签约作家，数家门户网站特约撰稿人。迄今为止，在海内外报刊发表及转载作品三千余篇次，计六百余万字。作品入选散文、随笔、小小说类各年度年选和百余种图书。出版随笔集六部，曾获冰心文学奖及其他文学奖项多次。作品在全国青年读者中具有较大影响，多篇文章入选中学、大学教材和中考、高考试卷。有评论称其作品“语言隽永、风格唯美、内容深刻、表述睿智”。

月光下的蛙鸣

十几年前的一个寻常夏天，我枕戈待旦地准备参加这一年的高考。

在那样一个年代，高考直接决定着一个青年一生的命运。而我的情况更特殊，很小的时候就失去了父亲，是母亲含辛茹苦地把我带大。苦难中的母亲，眼巴巴地盼着我能高考得中。我也想，如果能在这一年如愿以偿，正是对母亲最好的报答，能减轻母亲经济上和精神上的压力。

但竞争是残酷的，同学们悬梁刺股，焚膏继晷地苦战。在学习成绩上你追我赶。高考一个月前的预考中，我意外地遭到惨败。我很清楚，巨大的精神压力起了很大的负面作用。

母亲见我面容憔悴，很心疼。我家离校不远，她就跟老师说情，说寝室里吵闹。让我回家住宿，好早晚料理我的生活，给我增加营养。

那段时间里，她杀光了家中三十几只仔鸡，想尽一切办法，想让我恢复以前的体质。

然而，母亲的一切努力收效甚微，我还是日复一日地消瘦下去。我房间的后窗正对着屋后的一方池塘，时值燥热的六月的夜晚，一池塘的青蛙，唧唧呱呱，呼朋引伴，发音格外响亮悠远。一池的蛙声就这样紧紧缠住我一双不幸的耳朵。此起彼伏地一次又一次将我惊醒。

母亲去了一趟学校。回来后，高兴地告诉我，即使考不上，班主任已答应让我复读一年。第二年，老师说，他保证我能考上。

渐渐地，蛙声不再吵闹了。每夜都有香甜的梦。但是，母亲却变了，日日坐在椅子上打盹。一天，隔壁的大妈偷偷地拉住我，悄悄跟我说，你母亲为了让你睡好觉，夜夜替你赶青蛙呢。

我将信将疑。但是，第二天夜里，月光下塘埂上，我真的看见了我的母亲。

母亲手拿一根长长的竹竿。她用竹竿轻轻地敲打池塘边的每一处草丛，做得认真又虔诚。她绕着池塘一圈圈小心地走着，一遍遍用竹竿仔细地敲打着每一处草丛。有时她停下来，站一会儿，轻轻地咳嗽几声，用手捶捶背。月光把她的白发漂得很白。“母亲！母亲！！”我大声喊。母亲听不见。她全神贯注于手中的竹竿，生怕遗漏一处蛙声……

一直到现在，我仍然坚信，有一种爱，能唤起一个人内心潜在的力量，帮助你去战胜一切困难。这一年高考，我被高分录取了。很多年已经过去，蛙声也一点点远逝。可是，我又觉得它时时都在我的枕边。一声声，像不倦的提醒和教诲，给我许多的人生激励。

住在母亲的掌心

一

接到母亲的电话。母亲问，今天是什么日子？我想了半天。母亲说，今天是你的生日啊。三十几年了，母亲不怎么看日历，儿子的生日却一次不落地记得。小时，日子再怎么艰难，母亲到了这时总给我煮两个鸡蛋。而且，母亲要让手从繁忙的家务中解放出来，长时间放在我的头顶，让我周身流遍慈爱。

儿子回家了，我问儿子，今天是什么日子，儿子说，今天星期五，明天不用上学了。妻子回家我问妻子，妻子说，今天十八号，好像是星期五，有《同一首歌》。连我自己都不记得，他们还会记得？儿子的生日只有母亲记得。因为几十年前的那个寻常日子，一个生命的诞生，对其他人无足轻重；而对一位母亲来说，却惊天动地。

二

母亲犹豫了好长时间，她有些急切，又有些迟疑。终于，她拿出了一块玻璃。我不知道她这是干什么。母亲说，把它放在你的电脑前面，兴许能挡挡辐射。这是一块普通的窗户玻璃，边角已被母亲用砂轮磨得光滑如水。这才回想起，母亲一段时间以来，不断向我打听有关电脑辐射的知识。

我日夜坐在电脑前写作。母亲却不知从何处听说，电脑辐射对人体有伤害，“伤害”被紧张和担忧无限夸大。而她又一直认为她的儿子是何等的粗心大意。能想象出，多少个不眠之夜，母亲冥思苦想，才想出了这个“高招”。母亲的心，像敏感的雷达，小心地捕捉着可能对儿子构成伤害的蛛丝马迹，母爱无微不至也无所不至。

三

我还能忆起去年冬天的情景。每次去看望母亲，她都会整上一桌子山珍海味。她静静地坐在桌边，希望能看到儿子昔日狼吞虎咽的样子。可是，我现在的食量不能让母亲满意。母亲念叨着，写书那么费脑筋，吃这点怎么成啊？后来再去母亲家，就发现阳台上放了几口大缸。缸里是为我制作的泡菜。我边吃边赞美泡菜，努力做出狼吞虎咽的样子。

母亲终于满意了。每次她用一只很大的玻璃瓶装好泡菜让我带回来。坐在车上，我把泡菜放在掌心，想象着白发的母亲，是怎样快乐地在几口大缸之间穿梭忙碌。在那个寒冷的季节，我还注意到一个细节，每次，装泡菜的玻璃瓶都用一块毛巾包好，外面再套上网兜，让我的手掌时时感到温暖。车子载着我离家几百里。我在外漂泊，我已经不是一个孩子。可是在那一刻，我感觉自己就像手中的泡菜，仍然住在母亲的掌心。

在冬夜里歌唱的鱼

天空是一片灰蒙蒙的苍茫，鸟儿去了岑寂的北方。火烧云沉到山那一边，山冈上，风一阵冷过一阵，蒿草在风中萧瑟。目光越过一道道山梁，一个人的影子就会在昏暗中裹挟着晚风，逐渐清晰。我和妹妹在等待父亲，和父亲手中的鱼。

胖头鱼，头重尾轻，一种乡村廉价的鱼，很适合我父亲的购买能力。父亲微薄的工资，要养活一家六口，所以很少笑，只在递给我们拴鱼的草索时嘿嘿几声，在夜色中，牙齿很白，这是他留给我最深的印象。

我飞跑着，把鱼交给母亲。妹妹在身后摇摇晃晃地追赶。母亲接过鱼，刮鳞、剔腮、破肚，整条的鱼分成小块。菜籽油的香味混合着松枝腾起的浓烟弥散开来时，厨房成了温暖的心脏，召集一家人围拢到一起。催促着母亲往炉膛添柴。火舌从灶口舔出来，母亲的影子贴上后墙，忽大忽小，斑驳摇曳。罡风缠绕窗棂发出呜咽的叫声，屋里的温度升起来，热量向着寒冷四散突围。

锅中的水，沸腾起来了。咕噜咕噜，鱼开始在水中歌唱，由一个声部转入另一个声部。这是世间最美的音乐，传递口福的消息。大姐在这时也不忘记做弟妹们的表率，装模作样地伏在灶台做作业；二姐的眼睛随着腾起的蒸汽升高，用桃木梳梳她又黑又粗的长辫；妹妹和我，绕着灶台打架，虚张声势，有别于平日里泄愤的争斗，而是在幸福的预感中，矫揉造作，故作娇嗔。黝黑、冷峻的脸上露出慈爱和笑容，父亲还在沉默独坐，而他内心必然掠过一阵阵瞬间的喜悦，眼前的景象是他的成就。

不知道时间过了多久，母亲撮起嘴，吹锅盖上的蒸汽。揭开锅盖，如同揭开一个谜底。鱼怎么样了？母亲撒下大把翠绿的葱丝，鲜红的辣椒。锅盖合上时，她用毛巾环绕地盖住锅与盖的缝隙，让蒸汽闷在锅里，鱼骨就渗出骨髓和异香。

母亲只用鱼汤淘饭。她拨开贪婪的交叉着的筷子，挑出一块大而少刺的鱼肉，放在一只小碗中。

推开那间草屋的门，温暖的鱼让瞎佬爷爷的冰冷的小屋同样获得了温度。老人边吃边有泪水涌出，他说辣椒太辣，不知道是不是太辣的缘故？同样是一个冬夜，这位孤寡老人孤单地走了。临终前，他告诉在场的人，他庆幸最后的时刻是在这个冬夜，因为他吃到了我母亲送给他的鱼。他用手摸着胸口，说，这里很暖！

温暖只会在寒冷中感知，冬夜是我人生最初的一门课程，严寒来袭时，需要相互取暖，并且不让一个人孤单。

另一个冬天，黄昏我们不再去那个山冈张望。我父亲在这年的秋天去世。妹妹的黄发已经扎成了小辫，我们渐渐长大成人。

“子曰”一生

“子曰：‘学而时习之，不亦说乎！有朋自远方来，不亦乐乎！人不知而不愠，不亦君子乎！’”

童音响亮，我黎明即起，早诵晨课。

父亲大悦，半部《论语》治天下，你这样读下去，查门有望矣。我心里想的不是“查门有望矣”，而是想讨父亲高兴，免一些棍棒。因为我心里很清楚，父亲爱“子曰”胜过爱“子女”。

父亲先读十年私塾，后读桐城中学，桐城师范。“文革”时“破四旧”，烧我家上千册线装书。遗落几本，父亲拾起来，一并扔进火堆。边扔边说，你们工作做得不仔细。放火的人很委屈，我是故意给你留几本。父亲很理解很配合，不用！不用！书都在我脑子里。

家贫，每天的菜肴都是白菜萝卜。父亲却很快乐，用筷子敲打碗碟，“子曰：‘贤哉，回也！一箪食，一瓢饮，在陋巷，人不堪其忧，回也不改其乐，贤哉，回也！’”他的意思是鼓励我们大啖萝卜，见贤思齐。而最初，母亲以为萝卜烧咸了，把此“贤”理解为彼“咸”，还需再加一瓢水？我和姐姐则以为“贤哉回也”是萝卜的别称。放学回家，问姐姐中午吃什么，姐姐说，又吃“贤哉回也”！那时最大的愿望是，如果有一头猪叫“贤哉回也”就好了。

父亲穷而好义。有一年春天，附近村子死了一头牛。父亲称上一斤牛肉，扔下十元钱。说你们死了牛，是件大事，又赶上春耕，我十分心痛！那时牛肉只要三毛钱一斤。队长过意不去，夜里执牛头相送，父亲奋力地用瘦弱的双肩抵住两扇门，大呼："子曰：'人而无信，不知其可也。'"意思是，我都说了不要找零了你还要送牛头来，我说话不算数今后怎么做人啊？"信"与"义"都是好东西，瞬间引爆了父亲瘦小体腔里的爆发力。他愣是把两扇门合并起来，并且拴上了门栓。

母亲常常看着空空的米缸感叹，世上的孬子都知道把米往家里讨，你们的父亲却把钱往外送。父亲走过来嘿嘿地笑笑，"这正好说明了问题嘛，子曰：'君子喻于义，小人喻于利'。"其时，父亲工资只有四十五块五毛钱，一半要用来接济周围的人。偶尔，路过做红白喜事的人家，父亲摸摸口袋，惭愧地跟人家说，我确实没有钱送了，这样吧，我帮你们写写字。父亲一笔字，颜筋柳骨，人家求之不得，事后都被收藏。

在我的记忆中，父亲就这样奉"子曰"为圭臬，处处以"君子"的风范来自我约束。他的内心是宁静而充实的，而且充满了随时可以引爆的道德能量。秉持"子曰"之剑，剑锋所指，尽是世间的艰难、苦难与不公。时而显得强大，时而又显得脆弱。

一年秋天，西风漫道，黄叶纷飞，父亲病得很重。这是父亲最后一次说"子曰"了。探病者不胜其悲，父亲则从病榻上奋力抬头，说，"司马牛问君子，子曰：'君子不忧不惧。'生死听于天命，还是不忧不惧为好。"最终，他不忧不惧地走了。

父亲离去多年，不知为什么，我现在总是不由自主地想到他，我知道他是个君子。时时祭起“子曰”大旗，风度凛然，离圣贤很近。这个想担当道义而又人微位卑的读书人，当理想与现实产生巨大落差时，一种强大的力量源自内心，他找到了犀利的应世武器，那就是神圣的“子曰”，因而“子曰”了一生。

丢失父亲

他拦住我，急切地和我说话。眼眶里的泪和两鬓的白发，显得极不协调——在我看来，这个年龄应该懂得克制。

这位中年汉子突然抓住我的胳膊，我感到有些不适，试图挣脱，可是他抓得更紧。眼眶里的泪几乎要涌出，他说：“我父亲丢了，你可曾看见一位老人，满头白发，胸前挂着钥匙。”

“他脑子不好，硬要去我妹妹家，今天是他生日，我就让他去了，可现在是下午了，就几步路，还没到我妹妹家。”他认定父亲走失了，急切而又悲伤，向迎面走来的人一个个打听，其中包括我。

我记下他的手机号。其实这只是一种安慰的方式，我去哪儿能帮他找到他的父亲？只是多一个人参与进来，就多一个人负担他心灵的痛苦罢了。

五十出头的汉子，父亲丢了，竟至哭肿了眼睛，罗兰·巴特说过一句话，眼泪的存在，证明悲哀不是一场幻觉。动了感情才能流下泪，孝心感人。我真想帮他找找，希望突然间，就走过来那位满头白发，胸前挂着钥匙的老人。可是，没有。

街边的树影延伸到对面，夕阳沉沉欲坠。转过背，我去街边杂货铺买饮料。一位中年妇女边打开冰柜便问，你认识他？刚才那人。我说不认识。她用很肯定的口吻说，一定是问你可看见他父亲了！

我有些吃惊，她怎么会知道呢？她说，他就住在我楼下，中午就在家里嚎了，不过我告诉你，他是装的，绝对是装的，他巴不得他父亲走失呢！

装的？我大吃一惊。怎么可能？我分明看到了他眼中的泪和哭肿的眼睛。可是，这位妇女接着说，我干吗要在一个陌生人面前冤枉他？他平时对老人可凶了，一直恶声恶气的，从不给老人好脸色。

不过，她最终还是帮他说了一句，这人也挺不容易，五十多岁的汉子，没有正式工作，靠开个电瓶车给人拉货挣点小钱度日，生活压力大……

这事过了很久了，我希望自己能把它忘记。

在没有得到合理的解释之前，它却很顽固，顽固地从心底窜出来，变成挥之不去的疑问。

中年汉子的泪水是不是真的？杂货店女店主有没有撒谎？在是与非的两极，我不知道我的天平倾向谁。我觉得，当我试图来解答这个疑问时，内心感到的总是苦涩，仿佛有一种美好的伦常在眼前崩毁。

解答中有许多个“或许”，最终我选择了一种。

或许中年人的泪和女店主的话都是真的，只是在父亲走失后，这位中年人才有所触动，所有日子里犯下的错，瞬间变成了芒与刺，刺出了内心真实的痛。

母亲的腊月，儿女的年

电话打过去，那一头母亲气喘吁吁。我问，您老在干吗呢？母亲说，腊月了，我在腌菜心呢，等你们过年过来吃。

我本想劝老人家别忙着累着，可是转念一想，母亲们腊月里的忙碌，是她们最得意的年终总结。比如我母亲，她好像在拿过年做一篇文章，构思然后寻找，突然灵光一现：菜市场只能买到腌白菜而买不到腌菜心，她要用家乡制作菜心的方法，让我们重温儿时的美味。

记忆中，腊月到了，母亲们就开始忙碌。多年之后，在我的心里形成了一个命题——母亲的腊月，儿女的年。腊月的忙碌属于母亲们，过年的快乐属于儿女们，腊月里，母亲们要用忙碌来为儿女们制造过年的快乐。

母亲的腊月始于一年又一年罡风起，在严寒中母亲们呵着冻得通红的手，将大地富饶的馈赠制成美味。母亲们的双手是腊月里的渡船，将儿女们的味觉和心情渡到快乐的彼岸。腊月是过年的前奏，氛围由母亲们开始渲染。我们的记忆中，母亲们熬糖，打豆腐，炸果子，切年糕，浆冻米……炉膛里烧着熊熊的火，鼻尖上渗出母亲们热热的汗，这一切的场景都热气腾腾，这一切的细节都包含着母亲们的慈爱和良苦用心。

我至今仍然陶醉这样的境遇，夜尚未退去，山岚和烟雾在黎明前骤聚，丁丁当当的声响将我唤醒，从温暖的被窝里伸出脑袋倾听，哦，要过年了，母亲开始忙碌了，所有的声音都在传递口福和快乐的消息； 夜里，我已睡了很久，醒来时，看见了母亲在昏黄的灯下忙碌的身影，心头蓦然间流过一股热热的暖流。可惜，我们很快就长大了。

儿女们过年的快乐中的一项重要内容是，在千里之外，遥想着母亲在厨房的忙碌，感受幸福和感恩。读大学那会儿放寒假，去火车站买火车票，人如潮水铺天盖地，都是腊月里回家过年的人。我们搭着人梯买票，心中却感到此刻最为快乐。一位同学不停地嗅着，问他，他说，我已经闻到香味了，真的，我妈妈在烧菜，在烧年夜饭啦。

我所在的这个小区，母亲们也开始忙碌了。暖阳下，两个老太太在灌香肠，聊着儿女们聊着过年的安排。我路过，跟她们开玩笑，你们这么累干吗？过年别把他们宠得太娇，喂得太肥，一样都不给他们弄，让他们失落失落。

一位母亲笑了，说，你这伢子，腊月里母亲忙，不是累，是乐啊。另一位母亲说，都打电话跟他们说了多少遍了，家里有些什么吃的，把他们勾得馋馋的，过年恨不得一步跨到家。

小区里，有阳光的地方，都挂着风干的香肠、咸鱼和腊肉，这是母亲们辞旧迎新的杰作，它们在寒风中等待，等待在随后到来的某一刻浓香四溢大放光华。在我眼里，它们是腊月里高挂的母亲们的旗帜，传递着欢乐的信息，舒展着亲情的召唤。

母亲的腊月，儿女的年。

父亲的游泳池

小时候，我家门前有一个很大的水库。水的诱惑，是小男孩无法抗拒的。水库的水很深，我被大孩子们带着，不知深浅地在里面游泳。

我父亲白天不在家，晚上回来首先观察我的表情。只要是下了水，就很难骗过他的眼睛。他拉住我黝黑的胳膊，用指甲一划，若长时间浸泡在水里，这一划，就会划出一道白渍。

接下来是一顿暴打。叫声惨烈，父亲用细竹枝抽出我一身斑驳。那种图案，让我看一眼都伤心。打得越凶，越表明父亲的焦虑。每年的暑假，夜里他都会从噩梦中惊醒，惊恐地描述他的梦：“我捞啊捞啊，怎么也捞不着啊！”

有时候他捞了一夜，他在梦中捞的，是掉进水库中的我。

每次暴打之后，有三五天我不去水边，可是后来就全忘了。脱短裤的时候还有点犹豫，短裤一脱，就全然不顾了。打吧，打吧，先游个痛快再说。人在水中，想到父亲的竹鞭，后来心中竟生出受虐的快感。

有一年暑假，父亲突然对我说，我在想法子，让你既能游泳，又很安全。我父亲是个喜欢突发奇想，而且做事有激情的人。他这样想，让我很兴奋。他的想法是，在我们家居住的小学附近，挖一个游泳池。

很快，我们全家出动，还请了个小工，挖了一个星期。挖出了十米长，五米宽，一米多深的大坑，四壁和底部，用棒槌捶平整。挖好后，我和父亲躺在尚未灌水的池中，阳光透过斑驳的树影照过来，我们累得像一摊沙子，可是心中感到新鲜又快乐。

接下来，父亲请了三个小工，挑水往池里灌，三个小工整整挑了一个上午。水灌满了，父亲指着一池的泥浆说，游吧，游吧，尽情地游吧。为了配合父亲的情绪，渲染自己的兴奋，我就在这一池泥浆中摸爬滚打，在水里造出闷雷般的声响。池边的父亲呵呵地笑着。

突然，父亲做出了意外的举动，他把上衣脱了，也跳进了池子。小池子里顿时翻起了巨浪，直至惊涛拍岸。这一天，也是父亲最快乐的一天。

好景不长，第二天清晨起床一看，一池水不知去向。原来这里地势高，且都是沙地，易渗漏。

改进了几次，还是如故。后来，游泳池只好弃之不用了。

只是在雨天，池中浮着几只青蛙。

在我十三岁的时候，父亲去世了。我也稍稍懂事，用心专注读书，不再因为游泳的事让母亲担忧。

去年，我回故地，看见当年的游泳池还在。池子已被沙土填埋，仅剩一轮廓，我想到了父亲，流下了泪。

残存的手指

朋友约我一道去乡下看望他母亲。我问，今天是她老人家生日？朋友说，不是，今天是个特殊的日子，应该算作他自己的第二个生日。

我有些不解，想继续追问下去。可朋友下了车，他说去买一样东西。一会儿，透过车窗，看见他气喘吁吁地跑来，手里扬着一副手套。不用问，一定是送给他母亲的。天冷了，干硬的风一阵接着一阵吹过来。

在朋友的老家，我见到了他的母亲。一位瘦小苍白的老人，双手背在身后，戴着手套，见了人多少有点难为情的样子。当她把盛好的饭端给我时，我惊讶地看着她的手，老人家的十指，有几根短了一截，这是一双残存的手，手指明显受了外伤。

朋友看着我，顺着我的目光，也看着母亲的手。猛然，他把头扭到了一边，胸腔剧烈地起伏。我不再忍心去看他的眼，我知道这个男人在流泪，我不想去看一个四十多岁的男人流泪的样子。

回城的路上，朋友轻轻地问，你看见了我母亲的手？我就把这个故事告诉你吧。

三十年前，一个初冬的傍晚，就是和今天同一个日子，他和母亲在一座矿山的一处土堆旁边捡矿石。渐渐地，天越来越暗，周围的人零星散去，而他们母子留了下来，他们家穷，总想多捡一点。

转眼间，一声轰鸣，他不知道发生了什么，就被覆压在一片黑暗中。他听见了母亲凄厉的喊叫。醒来时，看见了头顶点点星光，听到了母亲的哭泣，此刻他躺在母亲的怀里。他感觉自己沉睡了一段漫长的时间，母亲告诉他，大概只有十五分钟。幸运的他，出事时，靠在一块巨石旁边，一块石板滑下来，斜靠在巨石旁边，为他支起一块三角形的狭小空间。

这十五分钟里，母亲哭嚎着“救人”，可是，身边没有一个人影。于是，母亲边哭便用手刨着矿石和沙土。其实，旁边有锄头和铁锹，她怕伤着她的儿子，只能用手刨，棉纱的手套刨破了，露出了手指，指甲刨掉了，接着刨，刨掉了一节节手指，还是接着刨。母亲发疯地刨，痛，浑然不觉。直至从土堆里把他刨出来。

他虚弱地伏在母亲的背上，头顶一天的星星，下矿山回家。感觉虚幻而又缥缈，忽然间，他想喊一声“妈妈”。于是就喊了，母亲欣喜地应了声，他便沉沉地睡去。看见灯光的时候，他已躺在自家的炕头，母亲在慢慢地往下褪手套，可是手套被血粘着，于是用了剪刀。从此，他看见母亲的三根手指短了一截。

“现在……”朋友说：“不知为什么，想起这事，我就想买手套，就想一副一副地给母亲买手套，母亲的箱子里已经装了半箱子我给她买的大大小小各种各样的手套。不知为什么。”我说：“你这是在潜意识里想捍卫母亲那双手。”一路上，我们不再说话。

下车时，我请求他，下次也让我为老人家买一副手套。

外婆的绿豆汤

最热的天，我就去外婆家。燠热中，最爱听外婆那一声，“伢喝，好凉的绿豆汤！”

沿石板路而上，渐渐就能见到楞楞青瓦，那是外婆家沉在坳中的屋顶。外婆家门前有一棵槐树，活了五百年，抱拢需要三五人。外婆就站在树下望我。

外婆身材高大，三寸金莲，白发闪耀着慈爱。她右手戴一只碧绿的玉镯，用青花瓷的小碗，端给我绿豆汤时，玉镯与方桌相碰，发出一种细微的声响。这声响是一种刺激，一种清凉的提示，此刻，槐树底下穿堂而来的风、绿豆汤、外婆和她腕上碧绿的玉镯，都构成了惬意的一部分，暑意尽去，舒爽的感觉沁入心脾，让人神形松散，直至骨软筋酥。

绿豆汤做法不一。我外婆爱取一只瓦罐，装绿豆、水、砂糖，封上口，塞进灶垅。烧一顿饭，取出瓦罐，绿豆已在罐中心花怒放。膨胀的内心撑开表皮，浓稠的汤，翡翠绿的汁，宛若碧玉，稍一搅拌，山水画的图案浮上表层的水。

热气袅娜升腾，我双目贪婪，外婆微笑，吹一吹热气，舀一小勺递给我，然后就用木盆盖抵挡我得寸进尺的欲望。她总是耐心地说，我伢记住，想吃到最好的东西，就得有最好的耐心。她是指一个过程，将绿豆汤“冰镇”的过程。远离冰箱的年代，这是一种最好的方法——将绿豆汤放置到井水中冰镇。

庭院中间，有一口井，不知道它已存在多少年了，但见井绳黝黑而古老。井壁堆垒的是黑黢黢的石头，渗出的水，沿石头丁冬而下，石头上长满绿色的青苔，湿漉漉的，散发一种很好闻的土气夹霉味。井水清亮透明，阳光照进去，井中荡漾晶莹的光斑，朝下望，人脸上晃动水的波纹，与漂浮在井水中盛绿豆汤的木盆一起晃动。站在井边，一阵阵冷气直钻襟袖。

冰镇过的绿豆汤，吃起来粉而冰凉，糯而润滑，甜蜜在味蕾上开放，美好在记忆中沉淀。宛若碧玉，穿肠而过，祛包疖，败心火，解郁闷，通烦躁。绿豆汤，真是可以吃的玉。夏天，心火大，我常常跟同伴打架，打得同伴头破血流。我母亲说，该去外婆家喝几碗绿豆汤啦。那是，能治我的，真只有外婆的绿豆汤了。

如今，我仍能忆起所有。此外，还想起了外婆剥绿豆的细节。绿豆从荚中被剥出来，一粒粒像龟鳖的小眼，外婆珍爱地用手抚着，表情有点忧伤，她不说绿豆被剥出来，而是说绿豆“出嫁”了。她说到了自己的故乡，说到了自己少年的事，在忧伤中繁复感慨地追忆……

人的心事，像绿豆，装在豆荚中，谁也看不出来。剥出来时，即要做成伤感的汤。是否，外婆与绿豆汤有过什么故事？这是我现在想起来，不禁要揣测的心思。

在当时，只觉得外婆的绿豆汤，馥郁如兰，宛若碧玉。

不安的年夜饭

那一年秋天，我父亲走了。临近年关，姑妈把我们姐弟四人召集到一起，做贼似地，背着我母亲。

姑妈说，你们家今年过年少了一人，妈妈最伤心。是的，父亲去世，我们跟着哭一阵子也就忘了，可母亲一直不能释怀。姑妈让我们表态，年夜饭时不能哭，一定要忍住。我第一个站起来保证:“我一定不哭！”姑妈笑了。又接着说，你们不能提“爸爸”两个字。我又站起来说:“我爸爸都死了，我还喊他干吗？”一句话，让我姑妈大放悲声。

那撕心裂肺的哭声，让我的心收缩得像一只握紧的拳头。我至今害怕听到哭声，一声声像刀子一样切割，直到人心碎。即便一位陌生人在哭，我也会跟着流泪。

时间一天天临近，悬念在心里慢慢长大。我记住了姑妈的话，一不能哭，二不能提“爸爸”。可是，我的两个姐姐和妹妹是否能做到呢？有没有另一种意外让母亲触景生情呢？一天天想着，让我对年夜饭既紧张又害怕，甚至心生埋怨，何必搞什么年夜饭这么个庄重的仪式呢？

年三十到了，一家都低头干活，母亲围着灶台忙上忙下。如果往年这时，父亲会一刻不停他的骂声，还会用红纸写春联，边写边奋力地向后甩着长长的围巾，父亲长得很帅，甩围巾的样子也很帅。而现在，一家人不说一句话。我在揣测着，母亲的感伤会何时爆发，又能爆发到什么程度?

远处鞭炮声响起。天暗了下来，风卷起地上的浮雪在灰暗的黄昏旋转升腾。母亲抬起身，辨听了一会儿。突然说，孩子们，把你们的“爸爸”请进来。母亲并不忌讳提到“爸爸”这两个字。我们开始“请”，这是一种古老的祭奠仪式，摆上酒杯和筷子，朝着门外喊几声。

回头看，母亲脸上竟然是笑。

心脏那只“握紧的拳头”摊开，我感到了轻松和快乐。围坐在温暖的桌边，母亲说，你们的爸爸在这一年去世了，我们大哭了一场，可我们还要继续生活啊。母亲引导我们看到了生活美好的一面：国家这一年建设多快啊；母亲的学校周围失学的孩子越来越少了，自己每月的工资加了二十多块钱；大姐这一年参加了工作，评上了先进工作者；二姐顺利地考取了高中；我考了全班第一，拿回了两张奖状；妹妹的黄发已扎成了小辫，不再整天嚷嚷着要糖吃。

一家人说着，笑着，都流下了泪水。欢欣之泪，用以告别那些痛苦和悲伤，告别一年来阴沉的心情和布满阴霾的日子。是的，我们还要生活，不必再去温习业已销声匿迹的苦难，不再让它成为幸福和快乐的杀手。

第二天，打开门，新一年到了。春光拥进屋内，屋外阳光热烈而凶猛，鸟儿吹着口哨远征，冰雪消融的溪流也开始唱歌啦……